suhrkamp taschenbuch 5437

AF202441

»*Kinder hören auf, sich für ihre Eltern zu interessieren, wenn sie verlassen werden. Sie sind nicht sentimental. Sie sind leidenschaftlich und kalt. Sie werden Fremde. Manchmal Feinde.*«

Eine Kreuzfahrt nach Griechenland: Für die fünfzehnjährige Erzählerin und ihren kranken Vater die vielleicht letzte Chance, Zeit miteinander zu verbringen. Zeit für die Tochter, diesen zeitlebens fremden, abwesenden und doch irgendwie geliebten Vater mit den eisblauen Augen kennen zu lernen. Zeit, um ihre gierige, wütende Entdeckungslust auf das wirkliche Leben und erste sexuelle Erfahrungen voranzutreiben – außerhalb der sterilen Welt des Mädchenpensionats und unerreichbar für die Befehle der allmächtigen Mutter. Während die *Proleterka* Meile um Meile ihrem Ziel näher kommt, reist die Erinnerung des Mädchens immer tiefer in eine fortgesetzt verstörende Vergangenheit.

»Eine elegant strukturierte und berührende Studie über zerstörte Unschuld und verweigerte Liebe.« *Kirkus Reviews*

Fleur Jaeggy ist eine schweizerische und italienischsprachige Autorin, heute lebt sie weitgehend zurückgezogen in Mailand. Ihr weltweit gefeiertes Werk umfasst Romane, Erzählungen und Geschichten und wurde mit zahlreichen Preisen ausgezeichnet, u.a. dem Premio Bagutta, dem Premio Boccaccio, dem Premio Moravia und zuletzt dem Gottfried-Keller-Preis 2024. Weitere Titel im Suhrkamp Verlag sind *Ich bin der Bruder von XX* (2024), *Die seligen Jahre der Züchtigung* (st 5427) und *Die Angst vor dem Himmel* (st 5428).

Fleur Jaeggy
Proleterka

Roman

Aus dem Italienischen von
Barbara Schaden

Suhrkamp

Die Originalausgabe erschien 2001 unter dem Titel
Proleterka
bei Adelphi Edizioni S.p.A, Milano.

Erste Auflage 2024
suhrkamp taschenbuch 5437
© der deutschsprachigen Ausgabe
Suhrkamp Verlag AG, Berlin, 2024
© 2001 Fleur Jaeggy
Umschlaggestaltung: Anzinger und Rasp, München,
nach Entwürfen von Semadar Megged
Umschlagfoto: E. O. Hoppe/Getty Images
Druck und Bindung: CPI books GmbH, Leck
Printed in Germany
ISBN 978-3-518-47437-2

www.suhrkamp.de

Proleterka

Viele Jahre sind vergangen, und heute Morgen habe ich einen plötzlichen Wunsch: Ich möchte die Asche meines Vaters haben.

Nach der Kremierung hat man mir einen kleinen Gegenstand geschickt, der dem Feuer widerstanden hatte. Einen Nagel. Ich bekam ihn unversehrt zurück. Ich fragte mich, ob sie ihn tatsächlich in der Tasche seines Anzugs gelassen hatten. Er müsse mit Johannes verbrennen, hatte ich den Angestellten des Krematoriums aufgetragen. Sie dürften ihn nicht aus der Tasche nehmen. In seinen Händen wäre er zu sichtbar gewesen. Heute möchte ich die Asche haben. Es wird eine Urne wie viele sein. Der Name auf einem Schildchen eingraviert. Etwa so wie die Erkennungsmarken der Soldaten. Warum ist es mir damals nicht in den Sinn gekommen, die Asche zu verlangen?

Damals dachte ich nicht an die Toten. Sie kommen uns erst spät entgegen. Sie rufen uns, wenn sie spüren, dass wir zur Beute werden und die Zeit für die Jagd gekommen ist. Als Johannes starb, glaubte ich nicht, dass er wirklich stürbe. Ich nahm an der Bestattung teil. Weiter nichts. Nach der Trauerfeier ging ich sofort weg. Es war ein blauer Tag, alles war vorbei. Fräulein Gerda hat sich um alle Details gekümmert. Dafür bin ich ihr dankbar. Sie vereinbarte einen Friseurtermin für mich. Sie besorgte mir ein schwarzes Kostüm. Schlicht. Sie erfüllte gewissenhaft Johannes' letzten Willen.

Meinen Vater habe ich zum letzten Mal in einem kalten Raum gesehen. Ich habe mich von ihm verabschiedet. Neben mir war Fräulein Gerda. Ich war von ihr abhängig, in allem. Ich wusste nicht, was man tut, wenn ein Mensch stirbt. Sie hingegen wusste über jede Formalität Bescheid. Sie ist tüchtig, schweigsam, auf schüchterne Weise traurig. Unbeirrbar schreitet sie durch die Mäander der Trauer. Sie ist fähig, Entscheidungen zu treffen, sie hat keine Zweifel. Sie war so emsig. Ich konnte nicht einmal ein bisschen traurig sein. Alle Trauer hatte sie an sich genommen. Aber ich hätte sie ihr ohnehin überlassen, die Trauer. Mir blieb nichts.

Ich sage ihr, dass ich gern einen Moment allein wäre. Ein paar Minuten. Die Kammer war eiskalt. In diesen wenigen Minuten habe ich Johannes den Nagel in die Tasche seines grauen Anzugs geschoben. Ich wollte ihn nicht ansehen. Sein Gesicht ist in meinem Geist, in meinen Augen. Ich brauche ihn nicht anzusehen. Doch ich tat das Gegenteil. Ich betrachtete ihn ziemlich genau, um zu sehen und mich zu vergewissern, ob die Spuren des Leidens zu erkennen seien. Und das war ein Fehler. Denn als ich ihn so aufmerksam betrachtete, entglitt mir sein Gesicht. Ich habe seine Physiognomie vergessen, das wahre Gesicht, das er immer hatte.

Fräulein Gerda kam wieder, um mich zu holen. Ich versuche, Johannes auf die Stirn zu küssen. Mit einer Gebärde des Abscheus hindert sie mich daran. Es war ein so unvermuteter Wunsch, heute Morgen, als ich Johannes' Asche haben wollte. Jetzt ist er vergangen.

Ich kannte meinen Vater kaum. In den Osterferien nahm er mich einmal auf eine Kreuzfahrt mit. Das Schiff lag in Venedig. Es hieß *Proleterka. Proletarierin.* Jahrelang war der Anlass unserer Begegnungen ein Trachtenumzug. Wir nahmen beide daran teil. Gemeinsam defilierten wir durch die Straßen einer Stadt am See. Er mit dem Dreispitz auf dem Kopf. Ich in Trachtenkleid und schwarzer Haube mit einem Saum aus weißer Spitze. Schwarze Lackschuhe mit einer Schnalle aus Ripsband. Eine seidene Schürze über dem roten Kleid, einem Rot, in dem ein düsteres Violett lauerte. Und das Mieder aus Seidendamast. Auf einem Platz wurde auf einem Scheiterhaufen eine Puppe verbrannt. Der Böögg. Berittene Männer galoppieren rund um das Feuer. Die Trommeln wirbeln. Die Fahnen werden erhoben. Es war der Abschied vom Winter. Mir kam es vor, als verabschiedete ich mich von etwas, das ich nie gehabt hatte. Die Flammen zogen mich an. Das ist alles lang her.

Mein Vater, Johannes H., war Mitglied einer Zunft. Er war ihr schon als Student beigetreten. Er hatte einen Bericht verfasst, der den Titel trug: *Was die Zunft während des Krieges getan hat und was sie hätte tun können.* Die Zunft, der Johannes angehörte, war 1336 gegründet worden.

Am Abend vorher war Kindertanz. Ein großer Saal, voll von Trachten und Gelächter. Ich wartete darauf, dass alles vorbei wäre. Vielleicht auch Johannes. Die Tänze gefielen mir nicht. Und ich wollte meine Tracht ausziehen. Als ich das erste Mal am Umzug teilnahm (ich ging noch nicht in die Schule), setzte man mich in eine blaue Sänfte. Durch das Fenster winkte ich den anderen Kindern, die dem Umzug vom Gehsteig aus zusahen. Als die Träger mich absetzten, öffnete ich die Tür der Sänfte und ging fort. Ich hatte keine Flucht im Sinn. Es war keine Auflehnung, sondern reiner Instinkt. Ein Wunsch nach Unbekanntem. Stundenlang streifte ich durch die Stadt. Bis zur Erschöpfung. Die Polizei fand mich schließlich. Und übergab mich meinem rechtmäßigen Besitzer, Johannes. Es tat mir leid. Angesichts der Umstände war die Möglichkeit einer tiefer gehenden Bekanntschaft von Vater und Tochter ziemlich begrenzt. Beobachten und schweigen. Beim Umzug gehen die beiden Seite an Seite. Sie wechseln kein Wort miteinander. Der Vater hat Mühe, mit der Blasmusik Schritt zu halten. Zwei Schatten, der eine bewegt sich langsam, mit sichtlicher Anstrengung. Der andere unruhiger. Sie gehen in Viererreihen. Neben ihnen ein anderes Paar, der Mann in Militäruniform, die Frau im Trachtenkleid. Sie halten das Tempo, schreiten geheiligt, stolz, erhobenen Hauptes einher. Nachts tauchte hinter geschlossenen Lidern manchmal der brennende Böögg wieder auf. Die Trommelwirbel noch martialischer, mit geisterhaftem Klang. In einem Hotelzimmer, zwei Tage später, verließ ich Johannes. Meine Besuchszeit war um.

Die *Proleterka* war von einigen Herren gechartert worden, die derselben Zunft angehörten wie Johannes. Den Herren, die im April durch die Stadt defilierten. Sie sollten unsere Reisegefährten sein. Mit dem Zug fuhren wir, mein Vater und ich, nach Venedig. Der Waggon war leer. Von dem Moment an sollte ich mit Johannes, meinem Vater, zusammen sein. Er ist noch keine siebzig Jahre alt. Glatte weiße Haare, gescheitelt. Die Augen hell und eisig, unnatürlich. Wie ein Kindermärchen vom Frost. Winteraugen. Man erahnt den Schimmer einer romantischen Anwandlung. Die Iris von einem verwaschenen Grün, so durchsichtig, dass sie Scheu einflößt. Sie bringt kaum die Festigkeit eines Blicks zu Stande. Als wäre es eine Anomalie, seit Generationen. Johannes hatte einen Zwilling mit ähnlichen Augen. Die Augen des Zwillings waren häufig hinter den Lidern verborgen. Er verbrachte Stunden in einem Garten. In einem Rollstuhl. Er konnte noch sagen: »Es ist kalt«, und in seinem Tonfall verband sich das Bewusstsein einer göttlichen Verordnung mit der bloßen irdischen Feststellung, dass die Kälte vorübergehend ist. So auch seine Krankheit. Damals nannte man sie Schlafkrankheit.

Im Abteil liest Johannes Zeitung. Er liest lange. Vielleicht weiß er nicht, was er mit mir reden soll. Ich beobachte die Finger, die das Papier halten, und die Schuhe. Ich suche nach einem Gesprächsthema. Ich finde keines. Ich denke an das Wort *Proleterka*, den Namen des jugoslawischen Schiffs. Es gibt schönere Schiffsnamen. Die *Indomitable* zum Beispiel, die *Unbezähmbare*, auf der Billy Budd gehängt wurde. Erinnert ihr euch, wie der Kaplan den angeketteten Vortoppmann besucht, um ihm den Gedanken an den Tod nahezubringen? Billy Budds letzte Worte lauteten: »Gott segne Kapitän Vere!« Er segnet den Mann, der den Befehl zu seiner Hinrichtung gegeben hat. Er segnete den Henker. Ich möchte lieber von Billy Budd reden, statt diese kurze Geschichte zu erzählen, an einer Rahe aufgezogen, die im Gegenwind vor dem Nichts schwankt. Billy Budd, ich sehe seine Gestalt, während die Landschaft vorüberzieht, während die Stunden in Johannes' Gesellschaft vorüberziehen. Billy Budds Vater war unbekannt wie sein Geburtsort. Er wurde in einem hübschen seidengefütterten Körbchen aufgefunden. Billy Budd kenne ich viel länger als meinen Vater. »Wir sind da«, sagt Johannes. Wir haben kein Gepäck. Es ist schon auf dem Schiff. Auf der *Proleterka*.

Vater und Tochter fahren mit dem Vaporetto bis zum Markusplatz. Die Tochter schaut immer nur nach vorn, sie will das Schiff sehen. Venedig taucht auf und verschwindet. Sie gehen die Riva degli Schiavoni entlang. Die Tochter ist ungeduldig. Johannes kommt langsam voran. Er hat ein Gebrechen am Fuß. Er trägt Schuhe, die bis über den Knöchel hinaufreichen.

Ich dachte, er sei so zur Welt gekommen. Und habe schon immer Schwierigkeiten beim Gehen gehabt. Aber die Ursache war ein Karzinom. Das habe ich in einem Album gelesen, wie man es zur Geburt eines Kindes geschenkt bekommt. Darin sind die ersten Lebensjahre, die ersten Monate beinahe Tag für Tag festgehalten. Im achtzehnten Monat notiert Johannes, die Tochter habe ihn im Krankenhaus besucht. Wenn sie irgendeine Auskunft über die ersten Jahre ihres Daseins sucht, braucht sie nur in dem Album zu blättern. Es ist ein Beweis. Es ist die Bestätigung einer Existenz. Lakonisch schrieb Johannes auf, was die Tochter tat, wo man mit ihr hinging, wie ihr Gesundheitszustand war. Kurze Sätze, kommentarlos. Wie Antworten in einem Fragebogen. Keine Eindrücke, keine Gefühle. Das Leben wird vereinfacht, als wäre es gar nicht vorhanden. Johannes schreibt auf: Die Tochter hat nie geweint. Sie hat nicht getrotzt, sie benimmt sich tadellos. Eine korrekte Kindheit. Alles ist an der Oberfläche. Über ihn selbst, Johannes, zwei persönliche Anmerkungen. Ein leichter Infarkt und das Karzinom. Als die Tochter zwei Jahre alt ist, schreibt Johannes, stirbt der Großvater (den Großvater nennt er mit Vor- und Nachnamen). Zahlreiche Freunde bei der Einäscherung. Die Tochter zeigt sich freundlich und entdeckt alles. Johannes schreibt nicht »begreift«, sondern »entdeckt«. Der Mann beobachtet also seine Tochter. Mit zwei Jahren, meint Johannes, entdeckt die Tochter, was sterben heißt. Sie muss sich gegenüber dem Tod ihres Großvaters wirklich liebenswürdig und wohlerzogen benommen haben, dieses Mädchen. Vielleicht dachte Johannes schon damals an seinen eigenen Tod und wünschte sich, dass das Mädchen zu allen freundlich sei. Zur ganzen Welt freundlich. Mit dem Schmerz. Als sie noch klein war, musste sie sich von Johannes trennen. Kinder hören auf, sich für ihre Eltern zu interessieren, wenn sie verlassen werden. Sie sind nicht sentimental. Sie sind leidenschaftlich und kalt. In gewisser Weise lassen manche ihre Empfindungen, ihre Gefühle fallen, als wären es Gegenstände. Mit Entschlossenheit, ohne Trauer. Sie werden Fremde. Manchmal Feinde. Sie sind nicht mehr die im Stich gelassenen Wesen, sondern sie selbst treten innerlich den Rückzug an. Und gehen fort. In eine finstere, fantastische und jämmerliche Welt. Und doch tragen sie manchmal Glückseligkeit zur Schau. Wie ein Seiltänzerkunststück. Die Eltern sind nicht notwendig. Wenig ist wirklich notwendig. Manche Kinder regieren sich selbst. Das Herz, ein unverderblicher Kristall. Sie lernen vorzutäuschen. Und die Fiktion wird der aktivste, realste Teil, verführerisch wie Träume. Sie tritt an die Stelle dessen, was wir für wahr halten. Vielleicht ist es nur das, manche Kinder besitzen die Gnade der Loslösung.

Vater und Tochter stehen vor dem Schiff. Es sieht aus wie ein Kriegsschiff. Am Schornstein leuchtet der rote Stern. Ich sehe mir sofort den Schriftzug *Proleterka* an. Geschwärzt, voller Rußflecken, vergessen. Eine souveräne Schrift. Es ist Abend, die Sonne steht tief. Das Schiff ist riesig, verbirgt die Sonne, die im Begriff ist, im Wasser zu versinken. Es ist dunkel, Pech und Geheimnis. Es ist den Unwettern, den Schiffbrüchen entronnen, ein Piratenschiff, konstruiert wie eine Festung. Wir gehen den Landesteg hinauf. Die Offiziere erwarten uns. Wir sind die Letzten. Johannes hat Mühe beim Einsteigen, ein Offizier hilft ihm. Man zeigt uns die Kabine. Winzig. Dort werde ich mit Johannes schlafen. Zwei Betten, übereinander. Ich werde oben liegen müssen. Um achtzehn Uhr lichtet die *Proleterka* den Anker. Sanft gleitet sie über das Wasser. Dem Aufbruch geht ein heiserer Ton voraus. Ein Abschiedslaut. Es gibt kein Zurück mehr. Ich schaue durch das Bullauge. Ich frage mich, wie ich es anstellen soll, hinauszukommen, ins Meer einzudringen, falls ich Lust haben sollte, zu verschwinden wie Martin Eden.

Ich ziehe mich um. In einer Stunde im Speisesaal. An Deck betrachten die Passagiere den Sonnenuntergang. Sie dürfen ihn nicht verpassen. Auch Johannes betrachtet den Sonnenuntergang. Inzwischen beleuchtet er nichts mehr. Finsternis, die Reise beginnt. Auf den ersten Sonnenuntergang werden weitere folgen, vierzehn Tage lang. Die Zünftler sind überzeugt, dass sie alles auf bestmögliche Weise organisiert haben. Auch die Wetterlage. Ein Matrose ruft die Herrschaften in den Speisesaal. Einer nach dem andern, beinahe lautlos, treten die Passagiere im Gänsemarsch ein. Mein Vater und ich sind wieder die Letzten. Wir haben einen Tisch in der Ecke. Johannes liest die Speisekarte, sucht den Wein aus. Er grüßt seine Freunde, ich grüße mit einem verschlossenen Lächeln. Feuchte Hitze. Die Reise verläuft ruhig. Der Kristalllüster schwankt ein wenig. Wie ein ruhiges Pendel, bewegt von der Trägheit. Johannes ist dunkel gekleidet. Tadellos. Wir haben kaum ein Wort miteinander gewechselt. Die Damen tragen Abendkleider, hier und dort ein karges Dekolleté. Im Saal ein ständiges Auf und Nieder, langsam und hartnäckig. Ein ruhiger, bösartiger Rhythmus, als sängen die Meereswogen ein Klagelied, ehe sie die Passagiere betäuben. Der Lüster schwankt stärker. Er wirft sein Licht auf die Passagiere und taucht sie in Schatten, um gleich darauf schneller wiederzukehren. Der Saal hebt und senkt sich. Die Blumen auf dem Tisch verschieben sich in unregelmäßigen Abständen. Gleiten davon und kehren an ihren Platz zurück. Johannes ist zerstreut, abwesend, anderswo. Der Nachtisch, *Zuppa inglese*. Beim Nachtisch wächst die Gewalt des Meeres. Ich frage Johannes, ob ich aufstehen darf. Draußen ein wütender Wind. Gestalten hasten umher. Es sind die Seeleute. Ich atme die herrliche nächtliche Einsamkeit ein. Die Unwetter. Und die Gefahr. Ich denke nicht an Johannes. Denke nicht daran, ihm den Arm zu reichen und ihn zu stützen. Nichts zählt in diesem Augenblick.

Es gelingt mir nicht, mich auf den Beinen zu halten. Nach wenigen Minuten packt mich ein Matrose und schleudert mich vor die Kabine. Die Mannschaft hat alle Passagiere angewiesen, in den Kabinen zu bleiben. Die *Zuppa inglese* konnten sie noch fertig essen.

Die *Proleterka* hat den Kurs geändert. Sie fährt nach Zara. Ein Matrose, vielleicht derselbe, der mich gepackt hat, wurde während der Nacht schwer verletzt. Am nächsten Morgen lag er auf einer Tragbahre. Ich streichle sein Gesicht, drücke ihm die Hand. Die Bahre wird zu einem Patrouillenboot hinuntergelassen. Auch ich möchte von Bord gehen. Der Kapitän verabschiedet ihn mit militärischem Gruß.

Den Passagieren geht es gut. Wir sitzen beim Frühstück im Speisesaal. Zwei Tage Meer, dann sind wir in Griechenland. Heute ist alles ruhig. Ich sehe Johannes nicht, es ist, als wäre er verschwunden. Wie der Sturm. Manche Passagiere haben sich auf den Liegestühlen ausgestreckt. Ich ebenfalls. Ich denke an nichts. Das Nichts ist Gedankenmaterie. Wesen, körperlose Stimmen, ausgegrabene Erinnerungen begleiten das Klatschen der Wellen. Das Nichts ist nicht leer. Wie aus den Klauen eines fliegenden Raubvogels fallen die Gedanken in unseren Geist, wenn wir überzeugt sind, nichts zu denken. Johannes erscheint. Ein gütiges und trauriges Lächeln. Er fragt, ob es mir gut geht, ob ich *zufrieden* bin. Als wäre das unsere fixe Idee, von Vater und Tochter. Der Zwang, nicht traurig zu sein, die Traurigkeit, die uns grundlos gezeichnet hat, zu verheimlichen. Ihm ist diese Reise wichtig. Vor der Abfahrt hatte ich gedacht, das Ziel sei mir gleichgültig. Die Reise nach Griechenland gehörte zu meiner Erziehung. Es ist unsere erste Reise – und anscheinend die letzte. Johannes, die mir bis zur Unwahrscheinlichkeit unbekannte Person. Mein Vater. Keine Vertraulichkeit. Und doch eine Verbindung, die älter ist als unsere Existenz. Eine Bekanntschaft in vollkommener Fremdheit.

Zur gewohnten Stunde sind wir im Speisesaal. Ich bin in die Kabine hinuntergegangen, um mich umzuziehen. Ich besitze wenige Kleider, fast alle sind gleich. Zieht Johannes sich aus, bevor er zu Bett geht? Ich habe ihn nie in der Badehose gesehen. Ich habe nie seine Beine gesehen. Die erste Nacht ist vorüber, und ich habe seine Anwesenheit nicht bemerkt. Die Aufhebung des Körpers. Es ist der zweite Tag, und alles wiederholt sich. Johannes begrüßt seine Freunde. Auch ich grüße. Johannes hat mich als Kind in den Kreis seiner Freunde eingeführt. Sie haben die einzige Tochter ihres Freundes kritisiert. Kinder haben manchmal ein klares Bewusstsein ihres gesellschaftlichen Standes. Der Erscheinung. Ob man willkommen ist oder nicht. Ich war nicht willkommen, aber sie waren die Freunde meines Vaters. In gewisser Weise gehörte Johannes, obwohl er ein Einzelgänger war, ihrer Welt an. Seine Tochter nicht. Mein Vater Johannes gehörte ihr von Geburt, von seinem gesellschaftlichen Stand her, an. In meiner Kindheit waren der Freund meines Vaters und seine Familie meine Richter. Und ihr Haus. Und die Fenster. Die Gegenstände. Die Gegenstände als meine Richter. Ihr reiches Haus. Vielleicht empfand ich keine Sympathie mit diesen reichen Menschen, die meinen Vater und mich in ihr Haus einluden. Sie wissen, dass mein Vater einst reich war wie sie. Ich wusste, dass Johannes reich gewesen war. Wie sie. Jetzt nicht mehr. Sie sind schlicht, umgänglich, was ein mögliches Verhalten ist, wenn man alles hat. Man ist nachsichtig. Eine bittere Nachsicht. So dachte ich als Kind, wenn ich sie beobachtete. Beobachten und stillhalten. Johannes' Tochter war weder schlicht noch nachsichtig noch umgänglich. Sie kam der herrschaftlichen Schlichtheit, der überheblichen Sanftmut, die der enge Freund ihres Vaters an den Tag legte, nicht entgegen. »Du wirst auf sie aufpassen müssen, bei all diesen Matrosen.« Der Freund meines Vaters hebt den Blick über den Rand seiner goldgerahmten Halbbrille. Er mustert die Tochter seines Freundes. Er hat dichte weiße glänzende Haare. Die Miene eines Herrn, der gewillt ist, zuzuhören, nicht zu gewähren. Sein Gesicht ist gerötet. Seine Frau verzichtet auf alles, auch auf sich selbst. Sie hat ihren Körper zernagt, und ihre Zähne, die sie manchmal zeigt, sind davon lang geworden. Sie ist dürr, puritanisch und selbstquälerisch. Sie war die Erste, die Johannes' Tochter durch die Linse der Verachtung betrachtet hat. Sie ist abgrundtief höflich. Die Haare zu einem Knoten zusammengefasst, einem Chignon im Nacken. Die Augen feucht vor gefräßiger Nächstenliebe. Immer liebenswürdig. Wer uns verurteilt, ist verständnisvoll. Wie sie. Sie hat Verständnis für die Sünder. Einen wilden Zorn gegen die Sünder, aber verhalten, ohne Ausbrüche und ohne Milderung. Überaus schmerzliches Verständnis. Die Übel der Menschheit beleidigen sie. Und sie kleidet ihre Gekränktheit in eitle Zurückhaltung. In den Tonfall der bösen Vorahnung, der Klage und der Hinnahme. Johannes, einen so einsamen und betagten Mann, der Freude über die Existenz einer Tochter bekundet, lässt sie wissen, dass diese Freude lediglich eine Illusion sei. Diese Freude ist gefährlich, sie muss ausgemerzt werden. Die Freude muss sich in Leiden verwandeln. Sie hat Mitleid mit Johannes. Die Tochter sagt, während sie bei ihnen zu Hause sind: »Gehen wir.«

Sie sind auch Sammler, die Herren Freunde meines Vaters. Wenn sie uns zum Essen einluden, saß die Gattin am oberen Tischende, an der Wand, unter einem Gemälde. Sie faltet die Hände, senkt die Lider, murmelt. Johannes' Tochter betet nicht. Sie dankt dem Herrn nicht für die Speisen, die er und sie uns geben. Ich danke dir nicht, sage ich im Geist. Ehe sie das Mahl der Gerechten eröffnet, umwölkt sich das Gesicht der Frau mit Stumpfsinn. Dies ist ihr Gebet. Die Frau dankt dem Herrn mit düsterer und gestrenger Miene. Wenn sie sich dem Herrn nähert, stockt ihr Blut, Blässe übergießt ihr Gesicht. Als wäre die Danksagung eine Bitte um Vergebung, *mea culpa*, wenn es etwas zu essen gibt.

Ich wartete jedes Mal auf den Moment, in dem sie mit verkrampften Händen das Dankgebet sprach. Ich genieße jede ihrer Gesten. Und nach dem Dessert wartete ich darauf, dass sie dem Herrn noch einmal dankte. Danach begibt man sich in den Salon. Weitere Gemälde. Die Sammler haben überall Bilder. Sie lassen die Wände nicht atmen. Sessel. Blick auf den See. Blick auf die Wiese. Die beiden Freunde reden. Der eine lacht, der andere weniger. Als das spanische Dienstmädchen vorbeikommt, gibt Johannes ihr ein Trinkgeld. Das war so üblich. Und Pralinen für die Hausherrin. »Bring ihr nichts mit«, sage ich zu Johannes. Der Freund spricht meinen Vater mit einem Namen an, der ungarisch klingt. Als ich meinen Vater mit demselben Namen anreden wollte, hat er mich gebeten, es nicht zu tun. Vielleicht hat nur der Freund das Recht, ihn so zu nennen. Seit ihrer Studentenzeit. Eine Sache zwischen Eingeweihten. Auch der Freund hatte einen besonderen Namen, aber der hatte mit den Erzeugnissen seiner Fabrik zu tun. Johannes besaß keine Fabrik mehr und hatte deshalb nur noch einen Spitznamen. Den Namen dessen, der nichts mehr besitzt. Außer einer Tochter, die kein Vermögen ist. Johannes und ich haben nichts mehr. Der beste Freund weiß es. Seine Frau: Der Herr hat's gegeben, der Herr hat's genommen. Nicht ihnen. Das wusste ich ziemlich genau, seitdem man mich einer Dame anvertraut hatte, die sich bereit erklärt hatte, mich aufzunehmen.

Haus mit Garten, Blick auf den See. Im Garten spielen die Kinder. Die Kinder sagten: »Du hast alles verloren.« Sie sangen es zu einer Marschmelodie. Selig, berauscht, jubelnd. Die reine Wildheit der Freude, die sich im Ausrufen äußert. Im Ausrufen eines finanziellen Zusammenbruchs. Krach, Krach, Krach, skandierten sie. Johannes' Eltern haben ihr Vermögen verloren, folglich auch Johannes und seine Tochter. Die Kinder wissen Bescheid über die wirtschaftliche Lage ihrer Klassenkameraden, vor allem über die von Johannes' Tochter. Krach, Krach, Krach – wie quakende Frösche, immer lauter. Es waren die kleinen Verwandten, Kinder von Verwandten, Vettern, sie gehörten zur Familie. Also wissen sie alles. Gewiss sangen auch ihre Mütter in den Küchen, strahlend, Krach, Krach, Krach, während sie ihre Torten buken. Ein Chor allgemeiner Befriedigung. Der Krieg war gerade zu Ende gegangen, aber dieser Krieg, der anderswo stattfand, hatte ihnen kein Ungemach bereitet. Allerdings hatten sie ihre Keller mit Vorräten gefüllt.

Den Garten betritt man durch ein eisernes Tor mit scharfen Zacken. Hier gab es Rosen, Kamelien, Obstbäume, Magnolien, Hecken in Töpfen und ein Gewächshaus mit Zitronen. Und Palmen. Die Hausherrin schnitt Kamelien und bettete sie, noch lauwarm von der Frühlingssonne, in einen Karton. »Behutsam«, sagte sie. Ich sollte sie in Seidenpapier wickeln. Wie

Lebewesen wurden diese Blüten mit rosigen Blättern, kaum verletzt, manchmal weiß, auch rot geädert, für die Abreise fertig gemacht. Eingeschlossen unter einem Etikett mit einer Adresse. Vielleicht schrien sie vor Schmerz, aber niemand hörte sie. Sie wurden ihren Freundinnen geschickt. Im Lauf der Jahre hatte die Dame dann keine Freundinnen mehr. Nur sie lebte noch. Die Rosen und Kamelien brachte sie auf den Friedhof. Ich musterte den Stein mit den eingemeißelten Namen von Unbekannten. Ich dachte mir Geschichten aus über diese Namen, Porträts im Flur und in den Zimmern des Hauses. Manchmal setzte ich mich in ein Zimmer neben einen großen Spiegel mit vergoldetem Rahmen. Nachdem ich das Fenster geöffnet hatte, betrachtete ich lange das schönste Porträt des Hauses: den gespiegelten Garten. Die Pflanzen näherten sich dem Spiegel, das Grün der vom Wind und ihrer Glasur aus Licht bewegten Blätter bildete eine ursprüngliche Landschaft, die Essenz der Natur. Als ließe sich die Wahrheit durch einen Spiegel filtern. Durch das Spiegelbild. Im Winter ruhten die Kamelien unter einer Pyramide aus Zweigen und welkem Laub. Beim ersten Anzeichen des Frühlings ging die Hausherrin zu ihnen hinaus, um nachzusehen, ob sie schon erwacht waren. Ich war ihre Hilfsgärtnerin. Sie heißt Orsola. Sie ist meine Herrin. Sie ist die Mutter meiner Mutter, der Frau, die Johannes' Ehefrau war. Johannes muss sie um Erlaubnis fragen, wenn er mich besuchen will. Wir wollen keinen Besuch. Manchmal sagt Orsola: »Ich bin einverstanden, dass Johannes seine Tochter besucht.« Sie siezen einander. Und der Besuchstermin lässt sich nicht verschieben.

Nach wenigen Monaten war Johannes' Tochter in der ersten Klasse Grundschule. Sie lernt singen. Einem der Kinder stirbt der Vater. Es ist das Kind, das im Chor am lautesten mitgesungen hat; es ist sieben Jahre alt. »Du hast deinen Vater verloren.« Skandiert jetzt Johannes' Tochter. Das Kind hat einen melancholischen Blick. Es sieht den Vater vor sich, und dieser Anblick verdunkelt ihm die Iris. Die Worte ziehen an seinen Augen vorüber wie auf einer Leinwand, ohne es zu berühren. »Ja, ja«, sagt das Kind abwesend, verträumt. »Du hast deinen Vater verloren.« Es ist eine Kantilene. Der starre Blick des Kindes hat etwas Entrücktes. Das hat Johannes' Tochter angestachelt. Das Kind reagiert nicht. Es antwortet ruhig, eintönig und traurig: »Ja, ja.« Als bestünde der Schmerz aus Geduld, Weisheit, Annahme des Unwiederbringlichen. »Du hast deinen Vater verloren.«

»Ja«, wiederholt das Kind wie ein Roboter. Ein tonloses, nacktes Ja. Das Kind wendet den Blick ab. Um die Worte nicht mehr zu sehen. Es antwortet nicht mehr. In diesem Moment spürte ich eine Wunde, einen schmerzhaften Krampf. Das plötzliche Verständnis dafür, was es bedeutet, jemandem wehzutun. Absichtlich Leid zuzufügen. Die Erkenntnis des Bösen. Der wortlose Schmerz des Kindes ließ mich begreifen. Ich nehme seine Hand. Eine kraftlose Hand, die meinen Zugriff über sich ergehen lässt. Ich versuche, um Verzeihung zu bitten, es gelingt mir nicht. Die Erkenntnis ist die einzige Vergebung, denke ich, die man erlangen kann.

Orsola ist Witwe. Seit jeher, scheint es. Im Haus und im Garten die Vergangenheit. Die Vergangenheit in den Zimmern, in den Gegenständen. Die nach innen gewandten Zimmer, wie auf dem Weg ins Dunkel. In dem Türmchen, das schlummernd den See beherrscht. Jeden Abend gehorche ich Orsola. Ich muss sämtliche Fensterläden schließen. Ich schließe dem Haus die Lider. Das Türmchen hat keine Läden. Es ist ein Reliquienschrein für Gesichter. Auf dem Boden stehen die Porträts von Johannes' Eltern. In Tracht. So habe ich sie kennen gelernt. Die Frau mit Haube. Ein gestärktes Mieder, eng anliegend, exakte Falten, die wie gläserne Röhrchen aussehen. Gläsern auch das Weiße im Auge. Die Gesichtshaut mit einer Ebenholz-Patina überzogen. Sie wäre noch dunkler geworden, dachte ich, wie etwas nicht Abgeschlossenes, das ans Licht will. Auch ihre Augen sind nachgedunkelt. Sie ist eine Frau aus dem Norden. Mit wachsamen Augen. Für ihren Sohn lässt sie sich malen, der sie betrachten wird, wenn sie nicht mehr da ist. Sie lächelt versunken. Ein Abschiedslächeln. Sie wollte fort aus ihrem Städtchen mit dem Fluss, der sich bei Sonnenuntergang rot färbt, wie es heißt, wegen der Tränen des Gletschers. Sie haben die Fabrik verkauft. Dem kranken Sohn zuliebe. Um ihm ein gemäßigtes, mildes Klima bieten zu können, ein Haus im Süden und eine mediterrane Vegetation, damit der Kranke sich lange in einem Garten aufhalten könne. Und den Eindruck habe, er sei lebendig. Damit sein Gesicht zwischen Palmen, Magnolien und Eukalyptus schweben könne, nicht als das Spiegelbild toter Dinge.

Innerhalb kurzer Zeit haben sie alles verloren. Die Gläubiger kamen. Und die Leute von der Bank. Johannes' Eltern warten gemeinsam mit ihren Porträts, dass alles vorbei ist. Sie in Tracht. Er im schwarzen Anzug, mit Hemdbrust, die Augen leer und streng. In zartem Himmelblau. Sie scheinen ins Altertum zurückzukehren. Jahrhunderteweit entfernt in den Augen eines Kindes. Sie warten auf das Ende. Die Enteignung. Der Ort im Süden, der die Rettung für den kranken Sohn hätte sein sollen, ist ihr Ruin. Stiller Ruin. Als wäre die Stille von der Gewalt auferlegt. Der Rollstuhl von Johannes' Zwillingsbruder steht vor dem Haus, sein Blick ist auf die Eltern gerichtet, während sie das Inventar für den Verkauf der Möbel, der Bilder, der Teppiche aufstellen. Der Blick starr, solange er die Augen offen zu halten vermag. Jetzt, denkt er, tun die Eltern, was er immer gewollt hätte. Sie entfernen die Möbel aus dem Salon, so dass es für ihn keine Hindernisse mehr gibt. Fort mit dem Diwan, auf den er sich nie gesetzt hat. Dort haben sie beide gesessen, gekleidet wie auf den Porträts, und in leisem, gedämpftem Ton miteinander geredet. Sie leiden. Nichts kann sie trösten. Er aber friert nur. Sie leiden, er friert. Was kann man noch wollen. Ein Stocken und der Wille des Herrn.

Es ist fast nichts mehr übrig. Beinahe alles ist verpackt. Die große schwarze Standuhr mit den Säulen schlägt noch die Stunden. Anscheinend reglos. Das ist es, was dem Zwilling gefallen hat, die Zeiger, die weder die Vergangenheit noch die Zukunft lieben. Wie aus einer Laune heraus sind die Zeiger auf die Zahlen gerichtet. Aber am Ende verstummte auch die Uhr. Wurde fortgetragen wie eine Mumie. Nun würden andere das Zifferblatt der schwarzen Uhr mit den Säulen betrachten und dem Schlagwerk lauschen, dem Gehäuse, das mit orientalischem Klang, fast einer Stimme, zu dem Zwilling sprach.

   Die Pflegerin verhätschelte den Zwilling und behandelte ihn wie einen Säugling. Das ist nicht gut. Es ist eine Beleidigung. »Der Herr braucht Ruhe«, sagte sie. »Es ist nichts. Bald wird er wieder reden und lachen wie früher.« Der Zwilling wird immer ruhiger. Wie die Sachen, die sich forttragen lassen. Er versucht aus dem Rollstuhl aufzustehen. Das Haus im Süden wird mit einem Spatenstich von der Erde getilgt.

Auf dem Fußboden, im Türmchen, ein kleines Bild. Ein Neger, stehend vor Ähren. Er raucht eine Pfeife. Er blickt starr vor sich hin. Er hat den kranken Sohn der weißen Herrschaft heranwachsen sehen. Er gehört zur

Familie. Eine unerbittliche, verhexte Melancholie verbindet die Porträts mit Johannes' Zwilling. Diese drei Bilder, die der Versteigerung entgangen sind, hat Orsola widerwillig bei sich aufgenommen. Die Genealogie sprach zu mir, ich suchte nach etwas, das sich vielleicht in den Gesichtszügen meines Vaters erhalten hatte. Was ist von seinem Zwilling in ihm geblieben? Vielleicht lebt der Zwilling in Johannes weiter. Und vielleicht zwingt er ihn zu hinken, um Johannes' Lebensantrieb Grenzen zu setzen. Um eine Art himmlischer Gerechtigkeit wiederherzustellen.

Es gelingt mir, die beinahe eisige Zuneigung zu entziffern, die Orsola mir entgegenbrachte. Ob ich zu ihr Zuneigung empfand, weiß ich nicht. Gewiss war es die intensivste Beziehung, die ich je hatte. In dem Speisezimmer mit Deckengemälde saß ich zu ihrer Rechten am Tisch. Eine Glastür ging auf die Laube aus amerikanischen Weinreben hinaus. Vor sich hatte sie ein Porträt: sie selbst mit ihren Kindern. Mit wem saß ich früher am Tisch? Da war eine weitere Lücke. Ich hatte keine Erinnerungen an die Zeit, bevor ich schreiben lernte. Das Dasein eines Menschen beginnt manchmal mit Verspätung. Ein abwesendes Leben oder eine Nichtexistenz kann eine ganze Weile dauern. Ist das eine Anomalie? Vielleicht ein Fehlen von Bildern. Ich kann den Tisch in Orsolas Speisezimmer beschreiben, aber frühere Tische und Zimmer kann ich nicht beschreiben. Es bleibt der eine oder andere Name, die Erinnerung daran, wie sich bestimmte Gegenstände anfühlen, Holz, die Umrisse eines Zimmers. Orsola ist die Führerin der Bilder. Die Porträts sind meine Gesprächspartner. Sie erteilt mir Befehle. Ich gehorchte. Im Flur sagt sie mir gute Nacht. Sie steigt die Treppe hinauf bis in den obersten Stock. Mein Zimmer ist unten.

Ich habe ein Holzbett, eine Kommode, einen Schrank, einen Spiegel, der mindestens fünf Personen erfassen kann, einen kleinen Tisch für die Hausaufgaben. Manchmal blieb ich wach, um mich zu überzeugen, dass ich in meinem Zimmer schlief. Ich zeichnete Orsola. Und ergriff von ihr Besitz. Ihr Abbild gehört mir. Ich fragte mich, wann sie mich wohl fortjagen würde. Tagsüber ließ sie nichts davon durchsickern. Ich hielt Abstand von ihr wie sie von mir. In gewisser Weise eine perfekte Verbindung. Im Keller waren ihre – und meine – Gartengeräte. Die Gegenwart. Die Blumen benötigen tägliche Pflege. Im Türmchen die Vergangenheit. Manche Schränke und Dachkammern sind mit Vorhängeschlössern abgesperrt. Es sind die Orte, an denen die Toten ihre Habseligkeiten hinterlassen. Und vielleicht kommen sie zurück, um sie wieder abzuholen. Woher kommen die Kisten? Aus Buenos Aires, sagt Orsola. Sie hat sie nicht mehr öffnen wollen, seitdem sie mit dem Schiff in Genua eingetroffen sind. Als junge Frau hat Orsola in Buenos Aires gelebt. Dort kamen ihre Kinder zur Welt. Auch meine Mutter und ihre beiden Schwestern. Wir hören wenig von ihnen. Sie sind habgierig und misstrauisch. Sobald die Post kam, sah ich sie durch, und wenn Briefe von den beiden dabei waren, warf ich sie weg. Ich glaube, Orsola wusste es. Übrigens ließ auch sie die Briefe von Johannes verschwinden, Briefe mit Pro-Juventute-Marken. Und seine Geschenkpäckchen. Das geschah im Flur, wo die Post auf einer hohen Kommode hinterlegt wurde. Wo an der Wand ein schwarzes Telefon hing, ein altmodischer, rechteckiger Kasten, der fast nie benutzt wurde. Man telefoniert nicht. Johannes rief einmal in der Woche an, immer zur selben Zeit, um neunzehn Uhr vierzig. Orsola bat ihn, nur im äußersten Notfall anzurufen. Jetzt hat sie meine Gesellschaft. Sie denkt nach, während sie mit mir spricht. Sie denkt über meine Zukunft nach. Ich frage nichts. Ich will nichts wissen. Johannes kommt. Wir sind in einem Hotel verabredet. Johannes reist wieder ab. Orsola und ich sind allein. Sie fragt, ob es mich gefreut hat, meinen Vater zu sehen. Ja, danke.

Orsola hatte einen Sohn, der ihr aus einem Sanatorium in Davos schrieb. Es schien, als hielte ihn allein die Schwindsucht am Leben. Stundenlang lag er auf der Veranda des Sanatoriums und träumte vor sich hin. Vor ihm die Berge. Stumme Schatten, die über unberührten Schnee gleiten. Und die Raben. Einer kommt der Fensterscheibe ganz nahe. Der Rabe verspricht, am nächsten Tag wiederzukommen. Die Ärzte geben Anweisung, den träumenden Jungen nicht zu stören. Während er langsam starb, hatte er den Traum, er würde zwanzig Jahre alt.

Das Wetter war fast immer schön. Die Winter klar.
Manchmal darf ich in Orsolas Zimmer hinaufgehen.
Eine Frau bürstet ihre langen weißen Haare. Und steckt
sie zu einem Knoten auf. In Buenos Aires half ihr eine
dueña beim Ankleiden. Schnürte ihr das Korsett. Während
der Ehemann sein Glück suchte. Sie ist meine argentinische
Herrin. Ich glaube, sie kommt von weit her.
Aus fremden Welten, wohin sie vielleicht gern zurückkehren
würde. Ein Teil ihrer Augen ist in Feuerland geblieben.
Sie kann nicht wissen, dass das Mädchen, das
sie aufgelesen hat, dorthin zurückkehren möchte, wo
sie jetzt ist. In das Haus mit dem Garten und mit ihr.
Das Mädchen, das keine Vergangenheit hat. Orsola behandelt
mich wie eine Erwachsene. Wie ihresgleichen.
Gehorsam bedeutet nicht Unterwerfung. Ich schließe
sämtliche Fensterläden. Morgens öffne ich sie nicht.
Es ist ein ständiges Schließen. Ich schließe die Tage
ab. Schließen ist Ordnung. Es ist eine Form von Loslösung.
Eine vorübergehende Vorbereitung auf den Tod.
Eine Übung. Es war vollkommen natürlich, dass dieser
Frau und dem Garten die Vorstellung von einem Land
der Seligkeit entsprach. Wie viel Zeit blieb mir noch?
Die Vorhänge vor den Fenstern sind brüchig, beinahe
Staub. Und sie, die Herrin, ist wie aus weißem Stuck.

Im Garten des Hauses, das Johannes' Eltern gehört
hat, eine eisige Starre. Es ist nicht auszuschließen, dass
manche Orte ihre neuen Eigentümer kaum ertragen.
Die neuen Besitzer waren nichts als Eindringlinge in

den Schmerz, der sich hier abgelagert hatte. Gegenstände lehnen sich manchmal auf. Gegenstände denken, wie Zimmer. Vielleicht kann nichts endgültig zerstört werden. So wie auch nichts ein Sieg ist.

Ich hörte häufig von Verbrechen. Orsola erzählte lang und breit vom Prozess des Bankiers, der die Frau seines Sohnes umgebracht hatte. Sie kannte ihn. Villenbesitzer pflegen sich untereinander zu kennen. Es war derjenige, der das Haus von Johannes' Eltern gekauft hatte. Und nicht weit von Orsolas Haus wohnt ein Mann, der seine Mutter ermordet hat. Er wohnt erst seit kurzem hier. Ein liebenswürdiger, sanftmütiger Mann. Er wusste nicht, warum er es getan hatte. Er hatte ein leichtes Zucken um den Mund. Er war zu sieben Jahren verurteilt. Wegen guter Führung wurde er vorzeitig aus der Haft entlassen. Ich bin ihm begegnet, als er seine Strafe abgebüßt hatte.

Johannes beschützte diesen Mann. Er schien ihm beinahe Dankbarkeit entgegenzubringen. Mit ihm sprach er in einem ganz anderen Ton als mit seinen Freunden von der Zunft. Zuvorkommender, vertraut, beinahe liebevoll. Warum wohl, fragte ich mich. Der Mann sah jünger aus, als er war, nämlich sechzig. Mindestens zehn Jahre jünger. Glatt, ohne eine Spur von Beunruhigung. Die Ermordung seiner Mutter hat ihn anscheinend verjüngt. Er hat sie erdrosselt. Es ging sehr schnell. Ehe er es merkt, ist die Mutter tot, und er ruft Johannes an. Und Johannes eilt augenblicklich herbei.

Mit der Trambahn, von der Bahnhofstraße her. Gedankenverloren schaut er aus dem Fenster. Es ist Winter. Er hat seinen dunkelgrauen Hut aufbehalten. Im Winter wirken seine Augen beinahe verschwommen. Den Stock hat er neben sich. Nach ein paar Haltestellen steigt er aus. Er begreift nicht, weshalb, aber er fühlt sich leicht. Erleichtert. Die Stadt am See erscheint ihm schöner, die Straßen rund um das Kunsthaus sind ihm wohl bekannt, er empfindet Zärtlichkeit für dieses Viertel, in dem er die unglücklichsten Jahre seines Lebens verbracht hat. Mit seiner Frau. Es war wirklich nett von ihr, dass sie gegangen ist. Ihn verlassen hat. Johannes betrachtet die Häuser. Er geht an dem Haus vorbei, in dem er gewohnt hat. Fast ist er ein bisschen gerührt, ein bisschen, als er die Fenster ansieht, hinter denen sein einsames Leben begonnen hat. Die Zimmer, in denen er die Stimme seiner Tochter nicht mehr hörte. Er blickt dort hinauf, es ist das oberste Stockwerk, die Terrasse. Mit ihrem Kaninchen in der Hand saß die Kleine da. Sie sagte, sie wolle sich von der Terrasse hinunterstürzen, mit dem Kaninchen, dann ließ sie sich fotografieren, während sie am Rand des Abgrunds das Kaninchen an sich drückte. Sie verlor nicht das Gleichgewicht. Sie hat es nie verloren. Wie der Vater. Sie haben es immer verstanden, die Millimeter zwischen Gleichgewicht und Verzweiflung wahrzunehmen. Johannes bringt es nicht fertig zu gehen. Der Mörder erwartet ihn, denkt er. Dennoch zögert er, blickt dorthin, wo das Unglück vorübergezogen ist oder vielleicht auch in den perfekten Fenstern und Türen eines von anderen bewohnten Hauses hängen geblieben ist. Seine Frau hat ihm alles weggenommen. Auch das Kind. Seither bekommt er es nur noch leihweise. Kurze Zeit später verlor Johannes auch das Familienvermögen. Der Mutter des Mädchens ist es gelungen, vorher zu gehen. Vor dem unausweichlichen Ende eines Vermögens. Jetzt muss Johannes, um seine Tochter ein paar Tage länger zu sehen, um Erlaubnis bitten, die ihm verweigert wird. Vielleicht kann er mit ihr zusammen sein, wenn sie einmal groß ist. Aber wenn sie groß ist, wird er nicht mehr da sein. Das weiß er genau. Mit diesem letzten Gedanken geht er auf das Haus des Mörders zu.

Abgesehen vom Kreis seiner Freunde, ist er der einzige Mensch, mit dem mich Johannes bekannt gemacht hat. Ein Mörder. Das war, als Orsola ihm erlaubte, mich zu besuchen. Gemeinsam gingen wir in das neue Haus mit kleinem Garten, in dem der Muttermörder wohnte. Ich konnte mich nicht zurückhalten und musterte ihn neugierig. Ich wollte irgendetwas finden, das ihn verriet. Ich entdeckte keine besondere Spur. Er war ein resignierter Mann von beinahe zwanghafter Sanftheit. Das ganze Zimmer war fügsam. Fügsam ein Blumenstrauß, fügsam und geziert die Bilder an den Wänden. Die kleinlichen Stühle, der Tisch mit einem Deckchen in der Mitte. Dem Mann war unbehaglich zu Mute. Nicht wegen Johannes, der ihn ja verteidigt hatte. Sondern weil da ein kleines Mädchen war. Er wich meinem

Blick aus. Ich wollte wissen, warum man jemanden umbringt. Wenn ein so schrecklich sanfter Mann seine Mutter ermordete, musste er eine Verbitterung hegen, die sanftmütig genug war, um eine Raserei zu entfesseln. Orsola ist nicht sanft. Also kann sie auch keine Mörderin sein.

Orsola passte es nicht, dass Johannes mich ins Haus eines Mörders mitnahm. Ich versuche ihr klarzumachen, dass es eine sehr interessante Begegnung gewesen war. Er kann sich bei deinem Vater bedanken, sagte sie, dass er nur so kurz im Gefängnis war. Johannes wendet sich wohlwollend an den Mörder. Anscheinend kannte er ihn sehr gut. Und verstand ihn. »Weißt du«, sage ich zu Johannes, »dieser Mann will davonlaufen. Er will vor der Freiheit davonlaufen.« Johannes lächelt. Traurig. Orsola verhängte ein Besuchsverbot über Johannes. Deshalb frage ich Johannes, was mir, mit sieben Jahren, passieren wird, wenn ich Orsola ermorde. Nichts. Muss ich ins Gefängnis? Nein.

Orsola und ich sind allein in dem großen Haus. Sie will nicht, dass ich auf der Straße mit anderen Kindern spiele. Sie sagt, ich soll nicht mit fremden Leuten reden. Sie könnten gefährlich sein. Neben der Kirche steht eine Hecke, und hinter der Hecke sind Dickicht und Dunkelheit. Dort, nicht weit von zu Hause, wurde eine Mädchenleiche gefunden. Orsola spricht immer wieder von diesem ermordeten Mädchen. In meinem

Alter. Eines Vormittags läutete jemand an der Tür. Der Flur war taghell erleuchtet. In der Glasscheibe der Tür der riesige Schatten eines Mannes. Der Mann wollte fromme Hefte verkaufen. Ich fing an zu brüllen. Orsola zischt mich an. »Ist das vielleicht kein Fremder?«, frage ich. Der mich am Schopf gepackt hätte, um mich hinter der Hecke abzulegen. Orsola schämte sich meinetwegen. Sie sagt, ich sähe überall Mörder. Es sei der Einfluss meines Vaters, der mich ins Haus eines Mörders mitgenommen hat. Ich wage zu fragen, ob man nach abgebüßter Strafe noch immer ein Mörder ist. Sie gibt keine Antwort. Das Thema ärgert sie anscheinend. Oder es war nicht der rechte Moment. In manchen Augenblicken kann man sagen, was man denkt, und Fragen stellen, und in anderen nicht. Das ist dann der so genannte falsche Zeitpunkt. Und da die falschen Zeitpunkte die Stunden ausfüllen, fragt man am Ende gar nichts mehr. Einen Irrtum verzieh sie mir nicht. Im Nichtverzeihen war sie großmütig, tolerant, gerecht.

Im Land der Seligkeit beginnt Johannes' Tochter krank zu werden. Johannes möchte sie besuchen. Orsola sagt, die Tochter braucht Ruhe. In der Schule bin ich schlecht. Den Porträts im Türmchen gehe ich aus dem Weg. Orsola will nicht, dass Johannes mir Geschenke macht. Ich brauche Ruhe. Ich liege in einem Bett. Von oben betrachten mich Orsolas blauviolette Augen. Mir geht es gut, sage ich zu Orsola. Ich bitte sie, das Licht zu löschen. Ich muss sämtliche Fensterläden schließen. Die Fenster und die Zimmer müssen schlafen. In Johannes' Album ist die Krankheit der Tochter vermerkt. Um welche Krankheit es sich handelt, wird nicht erwähnt. »Wieder eine Krise.« Ohne Kommentar. Anfälle von Übelkeit – typisch für schwierige Kinder, mag er gedacht haben. Besuchsverbot. Auch für meine Mitschülerinnen. Die nie gekommen sind. Ich bekomme Reis mit Butter zu essen. Ich gewöhne mich an die Übelkeitsanfälle. Sie richten sich nach meinen Gedanken. Ich schob den Augenblick hinaus. Inzwischen war ich mir sicher. Orsola würde mich bald auffordern zu verschwinden. Wenn sie das Zimmer betritt, ist sie die sichtbar gewordene Autorität. Mein Ansehen in der Schule ist so gering wie meine Leistung. Ich war schwach geworden. Ich hatte das Bedürfnis, in Gedanken bereits zu durchleben, was bald geschehen würde. Der Garten erdrückt das Haus. Die Vegetation ist üppig in ihrer Gleichmütigkeit. Monatelang schwelgen das Zimmer und ich in den üblen Dünsten eines Leidens, das noch nicht eingetreten ist. Orsola, elegant in ihren gemusterten Seidenkleidern, sagt: »Es muss gelüftet werden.« Natürlich, denke ich in der Sanftheit der bestickten Leintücher, zwischen denen auch ich gebügelt wirke, das Leiden hat keinen Wohlgeruch.

Alle Zimmer wissen es. Die Porträts ebenso. Die Ahnen, die ihren Nachkommen kein besseres Los erwirken. Den Kindern. Vielleicht fuhr Johannes' Zwilling mit seinem Rollstuhl von Garten zu Garten und zerpflügte dabei das Schicksal von Johannes' Tochter. Gegenstände und Vorfahren, Namen, die nicht mehr ausgesprochen werden, eine Genealogie von Bildern war gegen mich. Stehend vernehme ich die Mitteilung, die Entscheidung über meine Abreise. Orsolas Stimme tönt aus einem Sessel hinter dem Schreibtisch. »Es ist zu deinem Wohl.« »Und Johannes?« »Dein Vater tut, was wir beschließen.« Es ist zu meinem Wohl. Ein Satz voller Gift. Dabei klingt er gut. Ich weiß, dass dieser Satz noch nie ein gutes Omen war. Meine Lage als Minderjährige hat er seither verschlechtert. Man müsste auf Rückendeckung achten, wenn man ein Diktat dieser Art vernimmt. Wenn man mit dem eigenen Wohl erpresst wird. Geisel und Gefangener des eigenen Wohlergehens. Das Wohl des Volkes. Diktatorensätze. Mit einem Koffer und meiner Schultasche verlasse ich das Haus. Ich werde anderen überantwortet.

Zu meinem Wohl.

Auf hoher See. Noch zwei Tage Fahrt auf hoher See. Das Schiff wird Malta nun nicht anlaufen. Es tut mir nicht leid, dass ich infolge der Naturgewalten nichts zu sehen bekomme. Ein verlorener Tag. Um sieben Uhr morgens hätten wir in Malta anlegen sollen. Um halb acht Stadtbesichtigung zu Fuß. Vorgesehene Besichtigungszeit bis zwölf Uhr. Um dreizehn Uhr Rückkehr aufs Schiff, Versammlung im Speisesaal. Die Herren von der Zunft sitzen zu Tisch, ohne Malta gesehen zu haben. Sie sind schweigsam. Ungeduldig. Studieren stur die Speisekarte. Johannes studiert die Speisekarte. Sie ist auf Französisch geschrieben. *Langouste en bellevue*. Extras werden mit jugoslawischen Dinaren bezahlt. Vom Ecktischchen aus beobachte ich die *langoustines* der Zunft. Ihren geröteten Teint. Johannes grüßt seine Freunde. Wenn jemand telegrafisch erreichbar sein möchte, muss er die Adresse des Schiffs angeben: *SS Proleterka*. Johannes' Ehefrau, Nicht-mehr-Ehefrau, schickt ein Telegramm an das Kommando der *SS Proleterka*. Wortlaut: *»Je vous prie de bien vouloir surveiller votre fille.«* Ich bitte Sie, Ihre Tochter gut zu beaufsichtigen. Sie schrieben sich auf Französisch, wie in der Speisekarte. Sie siezen sich. Als sie zusammenlebten, redeten sie vielleicht auch deutsch miteinander. Sie war es, die schließlich die Erlaubnis zu dieser Reise erteilt hat. Nach zahlreichen Weigerungen. Ich bin ihr dankbar dafür. Johannes wird immer alles verweigert. Er-

laubt wird ihm nur, was gesetzlich vorgesehen ist. Der
einzige Gefallen, der ihm zugestanden wurde, war die
Reise nach Griechenland. Und wegen dieses außergewöhnlichen Zugeständnisses durfte Johannes' Tochter
vierzehn Tage lang mit ihrem nächsten Verwandten
zusammen sein, dem Vater. Dank dieser durchaus un-
verhofften Genehmigung fand sie sich inmitten einer
Schiffsmannschaft wieder. Es war nicht viel Zeit, um
Johannes kennen zu lernen. Dann musste alles wieder
vorbei sein. In vierzehn Tagen. Man weiß nicht, weshalb die frühere Gattin dieser Reise zugestimmt hat.
Vielleicht wollte sie ihm etwas Gutes tun, ausnahmsweise, zum letzten Mal. Man hat ihr gesagt, dass Johannes nicht mehr lang zu leben habe. Orsola war dagegen.
Nicht mehr lang zu leben, macht ihr keinen Eindruck.

Für die Freunde von der Zunft war Johannes' Ehefrau
»die Italienerin«. Sie haben sich über Johannes' Mutter
kennen gelernt, die einmal zufällig an einer Villa mit
Garten vorbeikam. Sie läutete an der Tür. Die Frau trug
ein Trachtenkleid aus ihrer Heimat, dem Aargau. Der
Rock war weit, dunkelrot, Ruß und Seide. Das Mieder
aus schwarzem Damast. Sie stellte sich vor und nannte
mit leiser, beinahe rauer Stimme ihren Namen. Sie er-
laube sich zu fragen, wer hier Klavier spiele. Sie stand
vor der Tür und hörte ein Nocturne von Chopin, als
lauschte sie dem *Landhelmi*, dem Klang des Waldhorns.
Man führte ihr die Pianistin vor. Der Blick der Fremden heftete sich fest und aufmerksam auf die junge

Frau. Als sie nach Hause kam, sagte sie zu ihrem Mann: »Ich habe eine Frau für unseren Sohn Johannes gefunden.« Wenige Monate später schloss sie die Ehe.

Dieser Besuch weckte den Groll einer der Schwestern, die der Braut diesen Glücksfall missgönnte. Denn die Familie war reich, und der Zukünftige las seiner Verlobten jeden Wunsch von den Augen ab. Und sie hatte es nicht nötig gehabt, sich einen Mann zu suchen, im Gegenteil – man war zu ihr gekommen, hatte sie gebeten, der Hochzeit zuzustimmen. Nach dem Willen des Himmlischen Vaters. Nur weil sie an diesem Tag Klavier gespielt hatte. Ohne den Willen des Himmlischen Vaters wäre diese Aargauer Spur nie ins Haus gekommen, sagte sich die Schwester, um sich zu trösten. Aber sie konnte sich nicht mit dem Gedanken anfreunden, dass der Himmlische Vater Gaben austeilte und nicht Schmerzen. Träge sah sie aus dem Fenster. Der See ist unbewegt. Rosa gesprenkelt. Ruhig die Gedanken. Sie hält ein Porzellantässchen fest in den Händen, wie einen winzigen Schädel. Sie hat es eigenhändig bemalt. Winzige rosarote und hellblaue Blüten auf weißem Grund. Zwölf Tee- und zwölf Kaffeetassen hat sie bemalt. Es war das Hochzeitsgeschenk für ihre Schwester. Dann schenkte sie ihr aber nur sechs. Sie hasste sie, und um sich abzulenken, malte sie auch die Blütenblätter. Um sich abzulenken, fügte sie Gold hinzu. Und in Gold ihren Namen.

Johannes' Ehefrau, meine Mutter, spielte Klavier. Wenn ich bei ihr eingeladen war, hörte ich ihr stundenlang zu. Vielleicht ist das der Grund, weshalb Klavierklänge mich anziehen. Wenn ich ein Klavier höre, gehe ich ihm nach, wie die Unbekannte in Tracht. Der Klang eines Klaviers steht für alles, was ich nicht hatte. Ich hörte sie spielen, als ich noch sehr klein und sie noch mit Johannes verheiratet war. Dann verstummte der Klang. Die Zimmer schwiegen. Ich hasste diese Stille, ohne es zu wissen. Die Stille, erhalten von einem Mann und einer Frau, die sich trennten und in absoluter Weise über das Leben einer Tochter verfügten. Noch heute werde ich, wenn ich ein Klavier höre, von einem unbändigen Gefühl ergriffen, ich weiß nicht, was es ist, mein Geist kehrt zurück zu etwas Schönem, Fernem, Zerstörtem. Nur weil Johannes' Ehefrau, meine Mutter, mich getäuscht hat. Mit ihrem Klavierspiel hat sie meinen Sinn für Musik beschädigt.

Wenn ich an die Orte zurückkehre, an denen sie Klavier spielte, Orte, die mittlerweile begraben sind, höre ich noch immer den Klang. Ich verleihe ihr, die nicht mehr da ist, eine Gegenwart. Präzise kündet der Klang des Klaviers, ein geistiger und visueller Klang, von Tod und Verdammnis. Jetzt ist der Steinway in einem Zimmer eingesperrt. Er ist gefangen. Nur ich kann ihn herauslassen. Oder jemandem erlauben, auf ihm zu spielen. Das Porträt von Johannes' Mutter ist bei dem Steinway in diesem Zimmer. Die Leinwand hat einen senkrechten Riss mitten auf der Stirn. Aus Zufall hatte die Mutter das Fräulein Klavier spielen gehört. Manchmal kehren Gegenstände zurück, um einander zu begegnen.

Ich bin fast überzeugt, dass sie, Johannes' Ehefrau, in dem abgesperrten Zimmer Klavier spielt. Dass sie mich besuchen kommt, dass die Toten dasselbe tun wie als Lebende. So wie Johannes darauf wartete, mich sehen zu dürfen, auf die Erlaubnis wartete, seine Tochter zu treffen. Und heute wartet Johannes wieder auf mich. Einmal habe ich ihn zufällig in einem Chalet gesehen (er war schon lange tot). Im einen Fenster schneite es, und im Fenster gegenüber schneite es nicht. Johannes steht da. Seit Stunden wartet er, während es auf der einen Seite des Zimmers schneit und auf der anderen nicht. Ich frage ihn: »Warum hast du mich nicht gerufen?« Er antwortete, er habe nicht gewusst, dass er mich rufen müsse, er habe nur gewartet. Und während er wartet, verschwindet er. Er und ich sind in Wartezimmern. Nicht wie Johannes' Ehefrau, die Wut und Freundlichkeit besaß, Ungeduld. Johannes gefällt die Lebhaftigkeit, die manchmal scheue, argwöhnische Freude seiner Frau. Die vor diesem kühlen und höflichen Mann ihr Temperament darstellt. Die Ehefrau konnte ihn zum Lachen bringen, aber gleich darauf tat es ihr wieder leid. Es gibt Frauen mit einer Neigung, beinahe einer Berufung, die Männer zu bestrafen. Sie besitzen eine universale Begabung dafür. Der Genuss im Verein mit der Strafe. Es geschieht nicht aus Überlegung, sondern aus einem ungetrübten Impuls zur Bosheit. In der Familie von Johannes' Ehefrau ist dies eine seit Generationen gepflegte Tradition.

Es waren Frauen, die über Häuser und Menschen herrschten. Langlebige Frauen. Nachdem sie die Kinder aufgezogen hatten, nahmen die Blumen und die Karten die erste Stelle ein. Die Blumen waren zur fixen Idee geworden. Ebenso wie ihre Krankheiten und Parasiten. Die Blätter und Blütenblätter zerfressen. Aber im Unterschied zu den Gärten der anderen, die an allerlei Krankheiten litten, waren bei ihnen Blüten und Blätter fast immer gesund.

Anderswo konnte ein Krieg stattfinden und fand auch statt. Sie kümmerten sich in erster Linie um die Blumen. Ich hege tiefes Misstrauen gegenüber allen, die Blumen züchten, wie es die Frauen in der Familie von Johannes' Ehefrau zu tun pflegten. Die Einzige, der diese totale Hingabe an die Blumen fehlte, war Johannes' Ehefrau. Sie neigte mehr zu den Karten. Und sehr viel mehr – denn das war eine echte, überwältigende Leidenschaft – zum Klavier. Wahrscheinlich, weil es sie von der Welt ablenkte. Sie spielte sieben Stunden täglich. Danach Stille. Die Frauen in dieser Familie hegten eine autistische Leidenschaft für Kamelien, für Rosen und sonst für nichts. Eine geringe Neigung zu ihren Mitmenschen. Wir fanden das verwerflich. Ich weiß nicht, weshalb ich »wir« sage. Vielleicht nur, weil ich an Johannes' Zwilling denke. Es ist niemand neben mir, der über solche Frauen urteilen oder sie auch nur beobachten könnte, Frauen, deren Gedanken ausschließlich um ihre Blumen kreisen. Die sich verbissen ihrer Pflege widmen. Eine Leidenschaft wie diese ist gefräßig, geheim. Nach außen hin ist sie ein hübscher Zeitvertreib. Ein Interesse an der Natur. In Wahrheit hegen sie einen tiefen, einen abgründigen Groll gegen die Welt und das Leben. Gegen die Männer. Gegen das männliche Geschlecht. Gegen Johannes. Auf jede mögliche Weise haben sie versucht, diese Neigung auch Johannes' Tochter einzupflanzen. Die Frauen aus ihrer Familie, der Familie von Johannes' Ehefrau, leben nicht mehr. Aber auch sie tun dasselbe, was sie zu Lebzeiten getan haben. Ich denke, sie schicken mir Säcke voll Erde bester Qualität, die jeden beliebigen Sprössling zum Wachsen bringt. Die jedes Gefühl von Hass gedeihen lässt, Hass auf das männliche Geschlecht. Auf Johannes.

Manchmal setze ich mich neben den Flügel. »Spiel.« Ich betrachte die Tasten, manche sind vergilbt. »Bitte spiel.« Ich schließe das Fenster, weil ich nicht will, dass der Klang hinausdringt. Zu anderen Zeiten, in früheren Jahren, hat manchmal jemand Klavier gespielt. Allerdings nicht nur in einem Zimmer. Auch im Freien. Einfach so, plötzlich, grundlos, in einer Landschaft, hüllten Klavierklänge mich ein. Dann war es mit einem Schlag wieder still. Als wären die Tasten abgefallen. Viel schwieriger, wenn ich im selben Zimmer wie der Flügel war. Der Steinway & Sons und ich. Sie hatte ihn in New York gekauft. Und er kam auf einem Ozean-dampfer angereist. Auch sie reiste auf der *Andrea Doria*, gemeinsam mit dem Flügel. Ich blieb an Land. Um mir eine Seereise vorzustellen, eine Vegetation, die ich nie kennen lernen würde. Um mir alles anzusehen, was meine Mutter, die Pianistin, mir hinterlassen hatte oder mir schickte. Ein Kleid. Noch ein Kleid. Wieder ein Kleid. Um wohin zu gehen? Sie schickte einem klei-nen Mädchen Kleider, das keine Verwendung für Klei-der hatte, denn es trug Uniform. Die Schuluniform.

Viele Jahre sind vergangen, der Steinway ist jetzt in meinem Besitz. Ich kann damit machen, was ich will. Ich setze mich daneben und sage zu ihm: »Ich kann dich verbrennen.« Dann sehe ich ihn an. Niemand staubt meinen Steinway ab. Die Pedale glänzen noch immer. Er lebt in einem kleinen ausgemalten Zimmer. Einem Zimmer, das auf den Flügel aus New York gewar-tet hat, ohne dass ich es wusste. Ich möchte ihn offen lassen. Wenn ich sie rufe und zu spielen bitte, ist es ihr vielleicht lieber, wenn er offen ist.

In New York war ich auch, um das Geschäft von Steinway & Sons zu sehen. Der Laden schien im Halb-dunkel vor sich hin zu dösen. Ein freundlicher, langer Herr, dunkel gekleidet, spricht mit gedämpfter Stimme. Es kam mir vor, als wäre der Laden das *funeral home* der Klaviere. Das beeindruckte mich sehr. Es scheint ein Geschäft zu sein, zu dem die Einsamen und Unglück-lichen, die *freaks* keinen Zutritt haben. Das nur jemand betreten darf, der einer sehr hohen gesellschaftlichen Schicht angehört. Und elegante Personen. Mit musikalischer Bildung. Sie, meine Mutter, denke ich, war gewiss sehr elegant, als sie den Steinway & Sons kaufte. Ein französisches Kleid, Patou oder Givenchy. Eine Schüchternheit, die ziemlich selbstsicher ist. Sie durfte dieses Geschäft ohne weiteres betreten. Ich hingegen fühlte mich ein bisschen unwohl, als ich es besuchte und Interesse für die verschiedenen Steinway & Sons heuchelte. Ich fragte nach einem Preis. Das hätte ich nicht tun sollen. Meine Mutter hat sicher nicht nach dem Preis ihres, jetzt meines, Steinway & Sons gefragt. Es muss später Frühling gewesen sein, als sie ihn erwarb. Und gewiss trug sie ein wunderschönes, leichtes, duftiges Seidenkleid. Kleider geben manchmal präzise die geistigen Kennzeichen einer Person an. Das Steinway-Geschäft war sehr geräumig und lag im Halbdunkel. Das Kleid meiner Mutter, der Kundin, verströmte ein geheimes Leuchten, kühl und silbrig. Der Verkäufer oder Geschäftseigentümer war zweifellos überwältigt vom Charme dieser Kundin. Obwohl das Geschäft ernst und würdevoll war und beinahe unwillig, einen Flügel zu verkaufen oder Erklärungen zu seinen Steinway & Sons abzugeben. Diesen Eindruck hatte ich, als ich den Laden besichtigte, wie ich ein Museum besichtigt hätte. Ein Museum für einen auserlesenen Zirkel. Mehr als zwei Personen konnten nicht gleichzeitig eintreten, um diese wunderbaren Ausstellungsstücke zu betrachten. Diese Flügel, die, wie der meine in dem kleinen Zimmer, aussehen, als könnten sie jeden Augenblick zu spielen anfangen.

Die Kundin wird ihre New Yorker Adresse hinterlassen haben. Die Adresse eines Hauses, das ich nicht zu Gesicht bekommen würde. Und gleichzeitig bat sie um Informationen über die Seefracht. Der Steinway, denke ich, wird auf dem Meer nicht gelitten haben. Er war damals noch kein empfindungsfähiges Wesen. Das wurde er erst im Zusammenleben mit der Pianistin. Jetzt lässt sich die Pianistin nicht mehr blicken. Vielleicht wende ich mich auch gerade ab, wenn sie erscheint. Ich wusste nicht, dass ich eines Tages in einem Haus wohnen würde, in dem es ein Musikzimmer gibt. Es war ein Zufall. Es war der Wunsch des Steinway, dorthin zu ziehen, wo er jetzt ist: in einem kleinen Zimmer, das mit musikalischen Motiven ausgemalt wurde. Vor sehr langer Zeit. Lange vor meiner Geburt. Sie ist unerheblich, die Zeit. Nicht wahr, Steinway? Nicht unerheblich ist indessen die Verbindung, die du mit der Pianistin hast. Und dein Wunsch, bei jemandem zu sein, der mit der Pianistin blutsverwandt ist. Und dir dieses Zimmer zugedacht hat.

Du willst noch nicht, dass ich deine Tasten berühre. Meine Finger sind dir fremd. Diese leichte fleischliche Andeutung. Stattdessen sitze ich neben dir. Ich wache über dich. In den ersten Jahren hielt ich die Tür stets verschlossen. Ich wollte sichergehen, dass niemand eintritt. Du, allein, eingesperrt. Jetzt nicht mehr. Jetzt lasse ich dir mehr Freiheit. Und gleichzeitig lasse ich auch mir Freiheit. Ich bin klüger geworden. Früher, wenn ich verbittert war, drang der Groll in meine Blutbahn, in meine Augen, in meine Gedanken ein. Ein schlafloser Groll. Du weißt, was Schlaflosigkeit ist. Sie ist unangenehm. Sie ist schrecklich. Weil alles Anwesenheit ist. Nächtliche Anwesenheiten. In den stillen Stunden streift die Schlaflosigkeit durch die Wohnung; in deinem Zimmer erstarrt sie. Und dann setze ich mich neben dich. Deine Tasten sind eiskalt. Dann das Morgengrauen im Fenster. Ich frage mich, ob die Pianistin wieder erwacht. Du bist ein Pferd mit goldenen Hufen. Was wird der Morgen dir und mir bringen? Hast du dir schon deinen nächsten Aufenthalt ausgesucht? Du sagst mir, das hat Zeit, ich brauche keine Eile zu haben. Ich habe keine Eile, Steinway, ich möchte so weitermachen, du und ich, in dem kleinen Zimmer mit den pompejanischen Farben an der Decke. Sie sind wie ein leichter Brand, leichte Flammen, himmlische Feuerfarben.

Ein sonniger, regloser Nachmittag. Johannes' Tochter besucht ein armseliges Zimmer. An der Tür ein grünes Lämpchen. Wie ein lauerndes Auge. Stets wachsam. Tag und Nacht. Nachts leuchtet es noch intensiver. Es breitet sein Licht gewalttätiger Barmherzigkeit über ein Bett. Es ist das Zimmer der Ausgrenzung. Das Zimmer meiner Herrin, der Herrscherin über Haus und Garten. Die Schatten sind grün, und grün sind auch sie, Orsola, und die Bettlaken. Sie ist in ein Schweißtuch aus Schimmel eingehüllt. Sie ist über hundert Jahre alt. Erschöpft vom Nicht-sterben-Können. Erschöpft vom Eingeschlossen-Sein. Ihre Töchter hatten sie hier abgelegt, in der Erwartung eines Endes. Das auf sich warten ließ. Jetzt sitzt Johannes' Tochter neben dem Bett. Die Hände der Frau, der Frau, die von Johannes' Tochter geliebt wurde, bewegen sich unruhig auf der Bettdecke. Sie will Knoten knüpfen. Um zu entrinnen. Und in ihren Garten zurückzukehren. In ihr Haus. Johannes' Tochter schweigt still. Wie ihre vor vielen Jahren geliebte Herrin betrachtet sie das grüne Lämpchen, das keine Ruhe gibt. Sie müsste ihr etwas sagen, etwas Tröstliches vielleicht, dieser Frau, die nichts anderes will als sterben.

Orsola sieht nur das grüne Licht. Es ist das Hellste, was ihr erscheint. Heller als ihre Erinnerungen. Das lauernde Auge hat ihr den Blick genommen. Hat den Erinnerungen die Farben genommen. Manchmal denkt sie an ihren einzigen Sohn in Davos. Bei seiner Aufnahme ins Sanatorium war er noch nicht sehr krank. Aber von Tag zu Tag, ganz langsam, nahm seine Müdigkeit zu. Er wollte einen Smoking. Er schreibt Orsola, seiner Mutter, dass er einen Smoking haben möchte. Der Schneider soll zu ihm ins Sanatorium kommen. Er hat eine Einladung zu einem Ball. Von einer jungen Engländerin. Nicht sehr schön, schreibt er in seinem Brief, sie sieht eher aus wie ein Junge. Im Sanatorium dachte der Sohn an nichts anderes als an seinen Smoking. Orsola versuchte sich an das Gesicht ihres Sohns zu erinnern. Seitdem ihre Erinnerungen nicht mehr farbig sind, haben sie auch an Dichte verloren. Es gelingt ihr nicht einmal mehr, das Schwarz des Smokings und das Weiß des Hemds zu sehen. Das Lämpchen hat alle ihre Erinnerungen dahingerafft. Es bleibt der Smoking, wie eine Reliquie. Man hat ihn ihr wieder zurückgeschickt, nachdem der Sohn gestorben war. Jetzt hat sie, wie ihr Sohn, nur noch ein einziges Gebet. Was für ihn der Smoking war, ist für sie das Erlöschen. Diese Bitte will niemand erhören. Vergebliches Gebet. Ihr Sohn konnte nicht mehr zum Ball gehen. Selig war er über den Schneider, der ihm Maß nahm. Selig war er bei der letzten Anprobe des Anzugs. Der letzten Anprobe des Lebens. Er ertrug es, auf die Verzweiflung zu verzichten.

Der Trauerzug kommt am Garten vorbei. Er hält drei Minuten lang an. Sie haben Orsola in ein Seidenkostüm und eine Bluse mit Jabot gekleidet. Sie selbst hat sicherlich keinen Blick für den Garten. Sie wollte von allem Irdischen nichts mehr wissen, angefangen bei sich selbst und ihren Töchtern. Die beflissen und kriminell sind. Sie wagten nicht zu beschleunigen, was Orsola sich seit Jahren wünschte. Eine Tochter hätte sie allerdings gern wiedergesehen, nämlich Johannes' frühere Ehefrau, später Gattin eines anderen und immer fern. Viel zu nahe die beiden ersten. Nahe ihrem Sterben. Die eine rothaarig, die andere mit Turban auf dem Kopf. Der Mutter sei das Sterben schwergefallen, sagten sie, kämpfen habe sie müssen. Sie sagten es mit Emphase, als hätte auf diesem Totenbett ein Match stattgefunden. Orsola versuchte, den Lebensodem auszutreiben wie einen Dämon. Nach den Worten der Töchter bemühte sie sich mit aller Kraft, im Kampf gegen das Leben zu unterliegen. Sie zog sich zusammen, ohne Frieden finden zu können. Sie wurde immer wehmütiger. Die Auszehrung ließ ihr keine Ruhe. Auch erschöpft vom äußersten Kampf, gab sie noch immer Zeichen der Ungeduld und des Ärgers von sich. Anscheinend machte der Tod sich ein Vergnügen daraus, sich von diesen blauvioletten Augen bitten zu lassen, den schönsten Augen, die ihm je begegnet sind. Und er wollte sie selbst auslöschen.

Es ist Nacht. Eine Tochter Orsolas spielt Karten. »Ich nehme es ihr nicht übel, dass sie mich so lang hat warten lassen.« Es wäre ungehörig, der eigenen Mutter Vorwürfe zu machen, weil sie mit dem Sterben so lang gebraucht hat. Sie, die rothaarige Tochter, hat solche hässlichen Gedanken nicht. Obwohl sie so lange gewartet hat. Um endlich selbst Herrin zu werden. »Ich habe keine Verpflichtungen mehr.« Niemand hört sie, das Haus ist unbewohnt. Nur sie ist da, die neue Herrin. Sie redet gern. Auch wenn es häufig ein Monolog ist. Jeden Tag war sie gekommen, um die Mutter an diesem würdevollen und elenden Ort zu besuchen. Heute kann sie es ja sagen: Diesen wahrhaft elenden Ort hat sie ausgesucht. Sie kommt schon allein zurecht, die neue Herrin, wird darauf achten, dass sie nicht stürzt – die Gefahr Nummer eins. In der Küche ein Blatt Papier mit der Liste der Gefahren. Wer Karten spielt, vermeidet Gefahren. Wer Karten spielt, vermeidet es, zu stürzen und sich den Oberschenkel zu brechen. Jetzt, da sie Herrin über alles ist. Nein, nicht über alles. Es gibt noch eine Erbin. Johannes' frühere Ehefrau. Sie hat nur noch einen Gedanken im Kopf: dass sie nie mehr zurückkommt, dass diese Schwester nie mehr zurückkommt. Schränke und Zimmer sind abgesperrt. Sie, die Besitzerin, verwahrt den Schlüsselbund, wie ein Gefängniswärter. Es ist eine Berufung, das Amt des Gefängniswärters. Sie besichtigt ihre Habe. Sie verwünscht ihre Schwester. Die jünger ist als sie selbst. Sie hat mehr Zeit, um zurückzukehren. Um einzufordern, was ihr zusteht. Sie ist ebenfalls Erbin. Und eines Tages könnte sie vor dem Haus stehen. Das auch ihr Haus ist. Die dritte Schwester ist schon dahin, sie liegt auf einem Friedhof in den Bergen. Die halbe Erbin spielt jetzt Karten. Sie legt eine Patience.

Im November, zu Allerseelen, ist sie eine glückliche Frau. Es war ein Tag, den sie ungeduldig erwartet hat. »Ich gehe meine Toten besuchen«, sagte sie. Stolz und trauervoll geht sie am Seeufer entlang. Mit ihren Chrysanthemen. Sie tragen eine Maske, denkt sie, dieses Ocker und Violett, das Karmesin und das Schwarz, das Schwarz und ihre Haarfarbe. Da hätte sie sich genauso gut eine Haarsträhne abschneiden und auf den Friedhof tragen können. Sie war gut gelaunt. Sie verglich die Chrysanthemen mit der Tracht, in der Johannes' Mutter erschienen war. Am Gedenktag der Toten sind die Chrysanthemen die Trachten der Friedhöfe.

Ihren Mann hat sie nicht mehr. Er war mitten in einem Tennisspiel. Immer wieder sagte sie ihm, er dürfe nicht spielen, er dürfe nicht laufen, er dürfe sich nicht erhitzen. Warum er nicht Karten spiele wie sie? So bekam er seine Strafe. Er brach zusammen. Dabei war es gar nicht so heiß. Es ging eine frühlingshafte Brise, wenn sie sich recht erinnert. Das Wetter ist stets ihr erstes Interesse, wenn sie morgens aufsteht. Sich über die Wetterlage zu informieren, wurde ihr von Haus aus eingebläut. Natürlich erinnert sie sich an den Tag, an dem das Tennismatch stattfand. Diese frühlingshafte Brise, die sie hin und wieder verspürt. Vielleicht stattet die Brise ihr einen Besuch ab, denkt sie, damit sie ihren Ehemann nicht vergisst. Wieso sollte sie ihn denn vergessen? Sie hat ohnehin so wenig Erinnerungen. Sie erinnert sich an den Mann, der neben ihr geschlafen hat, im selben Bett, beinahe reglos, um sie nicht zu stören. Der seine letzten Monate in einem Schaukelstuhl verbracht hat. Nach diesem unseligen Tennismatch. Ohne zu schaukeln. Die Hände um die Armlehnen aus Weidenrohr gekrampft. Seine gesamte Kraft sammelte sich in diesem Griff. Um nur ja nicht zu schaukeln. Es war beinahe unmöglich, seine Finger auseinanderzubiegen. Häufig drehte er den Kopf von rechts nach links, von links nach rechts. Das Tennismatch war noch nicht zu Ende.

Dritter Tag auf See. Noch elf Tage bis zum Ende der Reise. Unter den Passagieren, hochgewachsen und stark, »der Pfarrer« mit seiner Frau. Er hat mich zu Hause getauft, nach dem Trinitarier-Ritus. Auch er geht im Trachtenumzug mit und gehört der Zunft an. Der Pfarrer hat Johannes anvertraut, es sei ihm schwergefallen, sich nicht von Gott abzuwenden. Gott war ihm feindlich gesinnt. Seiner Person, seiner Berufung. Davon ist er schon lang überzeugt. Er hat viel Geduld aufgebracht, um die göttliche Feindseligkeit zu ertragen, die sich in den unpassendsten Momenten äußert. Auch auf der *Proleterka*. In der Kabine mit seiner kleinen Frau. Die er schon kennt, seit sie ein Kind war. Und jetzt hat sie Angst vor ihm. Eine Gläubige, die Angst vor dem Seelsorger hat. Sie kniete sich in der Kabine nieder. Er hob sie vom Boden auf, sie wog fast nichts. Sie aber wollte weiter neben dem Bett knien. Sie wollte nicht sündigen. Wir sind mit Erlaubnis des Herrn verheiratet, sagte der Pfarrer. Der Herr hat ihre Eheschließung gesegnet und geheiligt. Die kleine Frau konnte nicht daran glauben. Und wollte ihn dazu bringen, ihre Freude zu teilen, die sie empfand, wenn sie auf dem Boden kniete, statt mit ihm im Bett zu liegen.

Ich sah Johannes an. Wo sind seine Gedanken? Vielleicht hatte er einen geheimen Ort, an den er im Geist zurückkehrte. Er sitzt neben mir im Speisesaal der

Proleterka, aber er ist nicht da. Was sehen seine leeren Augen? Was bindet ihn ans Leben, fragte ich mich. Ich bitte ihn, mich zu entschuldigen, ich müsse den Speisesaal verlassen. Es ist zum Ersticken. Ich gehe zur Tür, eskortiert von den missbilligenden Blicken der Reisegefährten. Johannes sagt, ich könne tun, was ich wolle. Draußen großartige Einsamkeit. Ich betrachte die Wellen. Die *Proleterka* scheint kein Ziel zu haben. Sie fährt durch Leere und Dunkelheit. Ein Mann von der Besatzung kommt auf mich zu. Er steht neben mir. Ich drehe mich nicht um. Ich tue, als hätte ich seine Anwesenheit nicht bemerkt. Nach einem Augenblick, der mir lang erschien, sagte er etwas mit slawischem Akzent. Er erwähnt den Sturm und den verletzten Matrosen. Ich sei freundlich zu dem Matrosen gewesen. Mein Blick löst sich nicht von den Wellen. Die Neugier ist groß. Ich weiß nicht, was für ein Gesicht er hat. Ich spüre seine Gegenwart. Am ersten Tag, als wir an Bord gingen, war mir mindestens ein Dutzend interessanter Männer aufgefallen. Wegen der Mannschaft hätte Johannes mich beaufsichtigen müssen. Ich lasse mir Zeit. Das Wasser schwappt an den Schiffsrumpf. Ich hatte nicht die geringste Erfahrung mit dem anderen Teil der Welt, dem männlichen Teil. Ich denke: Man muss listig vorgehen. Wir sind zwei Feinde. Der Matrose stellt sich vor. Er heißt Nikola P. Er ist Zweiter Offizier. Er ist aus Dubrovnik. Das Alter, achtundzwanzig Jahre, der Name, der Dienstgrad: das ist ungefähr alles, was ich je über ihn wissen werde. Vor wenigen Minuten habe ich begonnen, eine genaue Vorstellung von Anziehungskraft zu gewinnen. Seine Gesichtszüge konnte ich nicht deutlich sehen, aber das wenige, was ich in der Dunkelheit erahnte, war ausreichend. Sein Spiel war gemacht. Reden war nicht nötig. Ebenso wenig wie eine eingehende Musterung seines Äußeren.

Im darauffolgenden Winter sollte ich sechzehn werden. In einem Hotel mit Johannes. Das Datum des Geburtstags fiel genau in die Winterwoche, auf die er ein Anrecht hatte. Als er verlobt war, sagte die Familie seiner Braut: »Amüsiert euch, seid glücklich. Das Leben lächelt euch zu.« Diese Ausdrucksweise ärgerte Johannes. Er konnte sie nicht ausstehen. Es kam vor, wenn er bei der Familie seiner Verlobten zu Besuch war. Dann brach Johannes zu einem einsamen Spaziergang an den See auf. Er ging einen Weg entlang, der ihn zu seinem Haus führte. Er betrachtete es von außen. Er betrachtete den Garten hinter der Mauer. Der Zwilling saß im Rollstuhl, neben ihm Jakob und Ida. Die Eltern. Sie schwiegen. Es war beinahe dunkel, durchsichtig zuerst, dann undurchdringlich. Dann fast nichts mehr. Die reglosen Schatten, das düstere Grün der Zypressen.

Der Offizier wünscht mir eine gute Nacht. Er entfernt sich eilig. Dunkelheit breitet sich über die *Proleterka*. Sie wirkt wie ein vergessenes Schiff. Ohne Mannschaft, ohne Ziel, nur die Dunkelheit, beinahe greifbar.

Die eigentliche und einzige Fahne der *Proleterka*. Ich gehe in die Kabine hinunter. Johannes schläft. Er ahnt nichts von der heimlichen Raserei seiner Tochter, der Gymnasiastin, die nur diesen Mann wollte, den Mann, der im Dunkeln aufgetaucht war, ohne sein Gesicht zu zeigen.

Um sieben Uhr morgens legt die *Proleterka* in Kreta an. Ich denke an nichts anderes als den Offizier, der im Dunkeln an der Reling lehnt. Johannes ist schon oben an Deck. Er hinterlässt eine untadelige Ordnung in der Kabine. Er hat das Betttuch zusammengelegt. Die Spuren des Schlafs gefaltet wie eine geometrische Form. Die Seife ist trocken. Ein Autobus bringt die Passagiere nach Knossos. Das Licht schmerzt Johannes in den Augen. Ich sitze neben ihm. Hinter uns sein Freund. Sein Atem. Er ist braun gebrannt und glänzt. Immer wieder sagt er: »Es ist schön«, sehr zufrieden. Ich habe den Offizier nicht gesehen, ehe wir an Land gingen. Ich kann es kaum erwarten, aufs Schiff zurückzukehren. Kaum hat man sie verlassen, kommt einem die *Proleterka* vor wie ein Trugbild. Sich umzudrehen ist sinnlos. Vom Land aus erscheint sie als kriegerisches Überbleibsel, das die Zeit umschifft.

Johannes braucht keine Fotokamera, denke ich. Auch keine Erinnerungen. Ihm genügt es, die Etappen der Reise festzuhalten. Den Namen des Schiffs. »18. April: Reise nach Griechenland. Rückkehr: 2. Mai.« In seinen Notizen ist das Leben lautlos und abwesend. Namen und Daten. Sonst nichts. Festgehalten von einem Mann, der noch abwesender ist, gerade in seiner Abwesenheit. Auf dieser Reise, der letzten, die er mit seiner Tochter unternahm, ist Johannes nicht einmal ein knapper Kommentar gewidmet. Es war auch die längste Zeit, die wir gemeinsam verbrachten. Aber wir haben danach nie über diese Reise gesprochen. Auf diesem Schiff, das steuerlos schien. Als wäre es von einer wankelmütigen Träumerei ergriffen.

Vor dem Palast von Knossos: Johannes, ein grauer Anzug, ein grauer Hut mit schwarzem Band. Der Stock und die dunkle Brille. Ein weißes Taschentuch in der Brusttasche. Der weiße Kragen des tadellos gebügelten Hemds. Er ist erschöpft. Eine traurige Miene inmitten der Passagiere der Zunft. Ich beobachte ihn von weitem. Johannes besitzt keine Sommerkleidung. Die Passagiere sind sommerlich gekleidet. Johannes ist nur traurig. Man bemerkt es fast nicht. Es scheint, als trüge er eine eigensinnige nordische Berufung in sich. Eine Gleichmütigkeit gegenüber der erbarmungslosen österlichen Sonne. Reglos, ich weiß nicht, worauf er den Blick richtet. Die Herren von der Zunft lauschen den Erklärungen der griechischen Reiseführerin. Strümpfe mit Naht und eine schwarze Handtasche über dem Arm. Weiße Handschuhe. Johannes' Freund nickt zur Geschichte. Die Kamera hat er bei sich. Sie scheint den Takt zu schlagen wie ein Metronom.

Ich solle den Ausführungen der Dame zuhören, sagte Johannes; ich starre weiter nur auf ihre weißen

Handschuhe, die Naht an ihren Strümpfen. Die Waden. »Hör doch zu«, sagt Johannes. Es gelingt mir nicht, ihre Worte zu erfassen. Ich kann nur geistig aufnehmen, was ich sehe. Die Worte sind schon zu viel. Und das Licht ist gleißend hell. Für Johannes ist diese Reise wichtig. Die Reise nach Griechenland, Vater und Tochter. Letzte und erste Gelegenheit, zusammen zu sein. Aber das wissen wir nicht. Das heißt, er vielleicht schon. Die Vegetation in herzzerreißender Blüte. Herrlichkeit und Gift. Mit seinen Liebkosungen versetzt der Frühling in Panik, ohne es zu ahnen. »Hör zu, ich bitte dich.« Er sagt es wie zu sich selbst. Wir wenden dem Palast von Knossos den Rücken. Wir kehren zum Schiff zurück. Johannes ist bleich. Wie geht es ihm? »Danke«, sagt er, es geht ihm gut. Er scheint der Blässe zu danken. Er geht in die Kabine hinunter, um sich umzuziehen. Ich sollte ihm helfen. Aber meine Augen suchen den Offizier. Seit der vergangenen Nacht hatte ich zahlreiche Variationen von Hass auf diesen Mann durchgespielt, der mich anzog und den ich nicht kannte.

Es ist der vierte Tag auf See. Johannes und ich sitzen am gewohnten Ecktisch im Speisesaal. Wir sind als Letzte hereingekommen. Johannes wäre gern als Erster hier. Ich bitte ihn zu warten. Ich suche den Offizier. Er ist nirgends zu sehen. Der Freund meines Vaters und seine Frau sitzen schon da. Seit Jahren, scheint es. Ebenso der Pfarrer mit seiner Frau. Riesengroß ging er im Zug der Zünfte mit. Streng und sinnlich. Das winzige Blumensträußchen auf dem Tisch ist anfällig. Das Schlingern des Schiffs wird ihm zusetzen. Blumen, selbst Schnittblumen, wären vielleicht lieber in einer Vase auf festem Land.

Ich sehe Johannes an. Woher kommt die Kälte, die in seine Augen einzieht? Das frage ich mich, während eine Frau den Saal durchquert. Ziemlich attraktiv. Es war die andere. Der zweite weibliche Passagier auf der *Proleterka*. Ich habe nie erfahren, wer sie war. Sie war allein. Ich nannte sie »die Dreißigjährige«. Ihrer ästhetischen Erscheinung nach scheint sie keiner Zunft anzugehören. Sie sieht anders aus. Ihre Verhaltensweise hat etwas Skrupelloses. Selbstsicheres. Bestimmt muss sie eine Enttäuschung verwinden, denke ich. Sie steuert auf den Tisch des Kapitäns zu. Jeden Abend hat er einen Ehrengast an seinem Tisch. Die geheimnisvolle Frau setzt sich. Sie entfaltet ihre Anmut im Saal. Ich kontrolliere sie. Ich wollte ihre Stellung erfahren. Wir sind Rivalinnen. Zwei Frauen an Bord der *Proleterka*. Sie beachtet mich nicht. Sie betrachtet mich nicht als Rivalin. Sie nimmt mich gar nicht zur Kenntnis. Und doch stört ein winziger Makel ihre Schönheit. Eine flüchtige Verzweiflung. Ihre Vergangenheit konnte mich nicht interessieren. Das Einzige, was zählt, ist der momentane Augenblick, die Gegenwart auf der *Proleterka*. Ihre und meine Vergangenheit sind bedeutungslos. Zwei Frauen und die Mannschaft. Man erzählt nicht sein Leben, dafür ist keine Zeit. Das Leben hat in dem Moment begonnen, als wir an Bord gingen. Der Anfang ist die *Proleterka*.

Von unserem Ecktisch aus beobachte ich sie. Die Augen des Kapitäns sind intensiv blau, ein zweifaches ironisches Leuchten. Er verständigt sich fließend in vielen Sprachen. Ich suchte ein geheimes Einverständnis mit seinem klaren, unerbittlichen Blick. Ich sehe, wie er sich liebenswürdig vor den Damen verbeugt. Die dergleichen nie erlebt haben. Er ist ganz der *grand seigneur*. Mit kaum verhohlener Langeweile verteilte er seine Gunst. Ich dachte auf der Stelle: Er verachtet uns alle, dieser Mann. Uns, die wir sein Schiff gechartert haben. Und wir mussten ihm nicht einmal gefallen, so, als Menschengeschlecht. »*Charmant*, der Kapitän«, sagten die von der Zunft. Die Slawen sind alle charmant, was für die Zünftler bedeutete: lauter Gauner. Auf Deutsch ausgesprochen. Mit deutlich hörbarem *t*. Der Kapitän schenkte den gegenwärtigen Herren des Schiffs Gehör und schien zu denken: »Sie schon wieder.« Schon wieder sie an seinem Tisch. Es ist eine Aufstellung zweier Völker, zweier Heere. Die von der Zunft haben bezahlt, haben die *Proleterka* gechartert und wollen das Angebot bis zum Letzten ausnutzen. Es gibt einen Vertrag. Die Jugoslawen müssen dieses Volk zwei Wochen lang gut behandeln. Durchaus möglich, dass die Schiffsbesatzung nichts von uns wissen will. Die Überlegenheit war für jedermann sichtbar. Unter den Männern von der Besatzung wehte etwas Exzentrisches, Wunder-

liches, wie von Menschen, die steuerloses Treiben gewohnt sind. Manchmal, während der Fahrt, schien die
Proleterka von einem Gespenst gelenkt zu werden. Von
einer einfachen und Furcht erregenden Trägheit.

Der Abend bricht herein. Nikola hat Wachdienst. Johannes ist in der Kabine. Immer bleicher. Ich weiß, dass ich alles tun kann, was ich will. Ich kann ihm auch das Leben nehmen. Oder mir das Leben nehmen. In unserer Familie wimmelt es von Selbstmördern. Und Selbstmordaspiranten. Die seltenen Male, die wir Gelegenheit hatten, für eine Weile, und sei sie noch so kurz, mit Verwandten zusammen zu sein, war das beherrschende Thema, das einzige Thema, an dem jeder von uns ein gewisses Interesse zeigte, der Selbstmord. Die misslungenen Versuche. Alles andere entlockte uns nur höfliche Gleichgültigkeit. Die Verwandten interessiert nichts anderes. Das Thema »Selbstentleibung« war immer stärker als die Themen Geld, Erbschaft, Krankheiten. Nicht einmal Begräbnisse kamen in Betracht. Obwohl sie uns einen Anlass für Begegnungen boten. Selten haben wir eine Beerdigung in der Familie versäumt. In der Regel fanden sie an touristischen Orten statt. An lieblichen Orten. Wo es einen See gibt. Beim Leichenschmaus kam es nicht selten vor, dass jemand von seinem missglückten Selbstmordversuch erzählte. Viele von ihnen wurden sehr alt.

Einem von uns gelang das Vorhaben. Schon seit etlichen Jahren hatte sich kein Familienangehöriger mehr mit Erfolg umgebracht. Unser Verwandter war wieder aufs Land gezogen. Rückkehr zu den Orten seiner

Kindheit. Wir dachten sofort, dass vielleicht das Kind diese Landschaft geliebt hatte, aber gewiss nicht der Alte, der dorthin zurückkehrte. Der Ort seiner Kindheit hat sich gegen ihn aufgelehnt. Rund um das Haus war die Landschaft undurchsichtig. Als wäre die Unendlichkeit am Ende der Felder, am Ende des Wegs, am Ende der Reihe dürrer Bäume Schlamm und Staub. Die Landschaft warf ihm den Blick eines Mannes zurück, der sich bald umbringen würde, voller Taktgefühl. Sein Haus stand in einer ruhigen, schweigsamen Gegend. Die Ruhe der Orte seiner Kindheit, wo er die letzten Jahre seines Lebens verbringen wollte. Ein Gedanke, der Johannes fremd war. Er dachte nicht an die letzten Jahre. Seitdem er allein lebt, hat sich Johannes fast nie fortbewegt aus der Stadt mit dem See, mit den Zünften, mit dem Hotel. Nie kam es ihm in den Sinn, irgendwohin zurückzukehren.

In Anbetracht unseres enormen und vielleicht übertriebenen Interesses am Selbstmord wollten wir wissen, wie sich die Sache abgespielt hatte. Keiner der Verwandten verzichtete darauf, ihm die letzte Ehre zu erweisen. Ihm ins Gesicht zu blicken. Es hieß, der Mann habe Schlag zwölf abgewartet, bis eine Glocke alle anderen Geräusche übertönte. Er stellte sich vor den Spiegel. Er legte den Revolver an die Schläfe. Er drückte ab. Durch das Fenster konnte er die Kirche sehen, sein Heimatdorf. Das Zwölf-Uhr-Läuten fiel mit dem Revolverschuss zusammen. So hat ihn niemand gehört.

Es war Sommer. Ein stechend heißer Sommer. Seine Glut verbrannte die Bäume und die Ruhe. Wir betreten das Haus des Verwandten. Man hat ihn auf einen Tisch am Fenster gelegt. Kein Windhauch dringt durch das Fenster. Wir versammeln uns rings um ihn. Zerbrechlich, dünn, eine Perlenkette um den Hals, blickt Johannes' frühere Gattin verloren vor sich hin, ihre Finger streifen die Hand des Verwandten. Was bedeutete diese Zuneigung, die sie dem Selbstmörder entgegenbrachte? »Sie nähert sich dem Schmerz.« Nie hatte ich sie derart erschüttert erlebt, sie suchte etwas im Gesicht des Verwandten, dachte ich, irgendetwas, das wir zu sehen versuchen, wenn es zu spät ist. »Zu spät«, hätte ich ihr gern gesagt.

Da sie gläubig war, sollte ein Priester kommen. Der Priester lehnte auf der Stelle eine Totenmesse in der Kirche ab. Seine Oberen dulden diesen Sarg nicht während des Gottesdienstes in der Kirche. Der Priester war aber einverstanden, ins Haus zu kommen. Er segnet den Leichnam. Sein Gewand war schmutzig. Schmierige Flecken auf dem Priestergewand. Es war wahrscheinlich die Schwüle, diese entsetzliche Hitze, die sich an seinen Körper klebte. Das Gesicht schweißgebadet. Er wollte nur noch fort aus diesem Haus. Wie wir alle, außer Johannes' früherer Ehefrau.

Trotz der Hitze war die Familie wie aus dem Ei gepellt. Wir waren auf das höllische Klima eines Sommertags auf dem Land vorbereitet. Alle hatten trockene Augen. Beinahe geistesabwesend vor dem Verwandten, der möglichst rasch eingesargt werden musste. Die Fliegen schwirrten. Der Himmel wurde zunehmend trüb. Es gab Tee und Gebäck. Tee trinkend umringen wir den Verwandten, der nicht wissen kann, dass die katholische Kirche ihn abgewiesen hat. Ich verurteile die Religionen, die kein Erbarmen mit Selbstmördern kennen. Ich verurteile jeden, der verurteilt. Ich verurteile das Wort Sünder. Wörter, die zur Rache verleiten. Die Kirche bestrafte auch uns, denn sie hinderte uns am Gottesdienst. Sie bestrafte den Selbstmord unseres Verwandten. Und wir fühlten uns alle wie Selbstmörder, verfehlte Selbstmörder. Was seit jeher, seit Generationen, unsere Berufung ist.

Dabei sah es nicht einmal aus wie ein Selbstmord. Das Einschussloch war winzig, die Haare verbargen es. Alles in diesem Haus wurde zusehends unbedeutend. Johannes' frühere Ehefrau dankt dem Landpfarrer. Auf einmal wird aus der Ablehnung des Segens in der Kirche ein Geschenk. Es war ein Geschenk der Kirche, dass dem Verwandten die Totenmesse verweigert wurde. Es reichten ein hastiges Kreuzzeichen, ein Anschein von Weihrauch, Latein, die gemurmelten Gebete. Das ist genug. Wir danken. Wir ergehen uns in überschwänglichen Dankesbezeugungen. Der Priester war jetzt der Ehrengast, der Gefeierte, er war derjenige, der uns rettete. Wir hätten keine andere Zeremonie ertragen. Es gibt einen Augenblick, einen langen Augenblick, in dem alles sinnlos wird. Alles verliert seinen Zusammenhalt. Es wird gleichgültig. Das nunmehr geheiligte

Priestergewand eröffnet den Zug. Es scheint in der Hitze zu schweben. Ein Häuflein Menschen zieht hastig durch Staub und Sonnenglut. Die verendende Vegetation. Kahl. Wie mit Säure bespritzt.

Man sagt, der Verwandte habe in den letzten Tagen auf kleine Vögel geschossen. Er hat geübt. Das hatte er nie zuvor getan. Er besaß mehrere Jagdröcke. Wenn er zu seinen Spaziergängen aufbrach, trug er Jägerkleidung, aber er schoss nicht. Seine Hunde konnten den Schusslärm nicht leiden. In die Luft zu schießen, zum Himmel hinauf, ist natürlich etwas ganz anderes, als dabei vor einem Spiegel zu stehen. Und auf die linke Schläfe zu zielen.

Er hatte geübt, indem er kleine Vögel abschoss. Jetzt setzen sich einige auf sein Fensterbrett. Sie waren zahlreich, als man ihn forttrug.

Ich bitte Johannes, mich zu entschuldigen. Ich muss fort aus dem Speisesaal. Der Pfarrer streichelt die Hand seiner Frau, wie um sie zu beschwichtigen. Die kräftige, lange und knotige Hand und das Puppenhändchen. Ich denke an etwas Fleischliches und Ungestümes. Während der Reise hat der Pfarrer kein einziges Mal das Wort an mich gerichtet. Seine Frau sitzt auf der Stuhlkante, ihre Füße baumeln in der Luft. Der Pfarrer wird für jeden einzelnen Passagier von der Zunft die Homilie der Verstorbenen halten, sobald ihm die Stunde geschlagen hat.

Ein Matrose bringt mir das Essen. Das hat Nikola so bestimmt. Jeden Abend esse ich an Deck. Ich bitte Johannes um Entschuldigung. Nach den *hors-d'œuvres*. Er isst sowieso immer allein, im Hotel. Es sei denn, er ist bei seinem besten Freund eingeladen. Oder bei einem Zunftbruder. Sie bringen ihm das Essen ohne Besteck und ohne Gläser. Er benutzt seine eigenen Kristallgläser und sein Silberbesteck. Das Obst wird ihm von einem Geschäft in der Bahnhofstraße geliefert. Zwei Äpfel. Eine Birne. In einem Pappkarton. Seine Mahlzeit ist bescheiden. Er nimmt mehrere Pillen ein. Der Tisch ist klein und rund. Nur für eine Person. In seinem Hotelzimmer herrscht eine nüchterne Ordnung. Nichts Persönliches, nichts, was das Zimmer heraushebt. Nur die Nummer.

Jahre später sah ich die Fotos von seinen einstigen Besitztümern. Auch von der Fabrik. Mehr als hundert Jahre früher hatte Johann Jakob, der Stammvater, an einem Ort mit Namen Tristezza Rossa eine Textilfabrik gegründet. Rote Trauer: denn der Fluss, der den Ort durchquerte, färbte sich bei Sonnenuntergang flammend rot. Zur Stunde des Abendläutens. Kein Gläubiger kam in die Kirche. Sie hatten Angst, die Brücke zu überqueren. Doch die Glocken hörten nicht auf zu läuten, zu rufen. Es war, als skandierten sie die Namen der Einwohner. Den Namen Johann Jakobs. Er war derjenige, der die Glocken gestiftet hat. Das Geläute war wild und beredt. Ein Sermon im Galopp, der die Stille peitschte, als machte er Jagd auf Seelen. Als brüllte er die Namen von Johann Jakobs Nachkommen. Johannes' Mutter sagte, der Ort könne gar nicht anders heißen als Tristezza Rossa. Dieser Ort hat ihnen ihren Reichtum geschenkt. Und später wieder genommen. Das Glockenseil zog ein böser Geist. Die Krankheit von Johannes' Zwilling fiel mit dem Verlust des Familienvermögens zusammen. Das Johannes stets mit seinen kalten Augen betrachtet hat. Während der Zwilling weiter in seinem Rollstuhl saß. Er hatte Mühe, zum Himmel aufzublicken. Überhaupt die Augen offen zu halten. Er fixierte irgendetwas. Als gäbe es einen Endpunkt. Er merkte nicht mehr, dass die Jahreszeiten wechselten, während er immer schwächer wurde. Er senkte den Kopf. Jetzt begleitete er uns auf der Schiffsreise. Um festzustellen, wie weit bei Johannes' Tochter, im Unterschied zu ihnen, der Lebenswille reicht. Der tote Zwilling bereist das Meer, wie wir es bereisen. Ein Windmesser dreht zerstreut seine Flügel im Hades.

Es ist die zweite Begegnung zwischen Johannes' Tochter und dem Offizier. Das Gespräch hat keinerlei Fortschritt gemacht. Das Mädchen folgt dem Offizier in seine Kabine. Sie ist beengt. Ein Bett, ein Tisch, zwei Stühle. Sie setzen sich auf das niedrige Bett. Die Kleider des Mädchens liegen auf dem Boden, ein loser Haufen. Sie lächelt ernst. Der Offizier ist noch in Uniform. Genau diese Szene hatte Johannes' Tochter in einem Film gesehen. Was ist die nächste Sequenz? Sie will keine Zärtlichkeit. Der Offizier scheint ihre Wünsche zu erraten. Ungestüm bedrängt er sie. Ungestüm jede Geste. Jede Liebkosung. Auf einmal fühlt sich das Mädchen zermürbt. Sie will nicht mehr. Auf halber Höhe des Bullauges beginnt es zu tagen. Sie hat die Kraft, sich zu erheben, ihre Kleider einzusammeln und davonzulaufen. Sie kehrt zu Johannes in die Kabine zurück. Verbringt eine kurze Nacht. Kurze Albträume. Der nächste Tag hat etwas Müdes an sich. Am nächsten Tag geht man an Land.

Im Kalender ist jeder Tag ein Ort. Die Landgänge bestimmen den Rhythmus der Zeit. Heute im Programm: Santorin. Die Vulkaninsel steht nicht auf dem Programm der Teilnehmer. Das Schiff und der Kapitän haben im letzten Augenblick beschlossen, die Insel anzulaufen. Mit gewissem Vergnügen hat uns die Mannschaft an einem »nicht inbegriffenen« Ort ausgeladen. Wir reiten auf Mauleseln. Langsam. Hintereinander. Die Dreißigjährige reitet vor mir her. Sie winkt jemandem auf der *Proleterka*. Ich kann nicht sehen, wer es ist. Sie trägt Shorts im Kolonialstil, eine Seidenbluse und einen großen Hut mit blauer Schleife. Ihre Beine sind so elegant über den Maultierrücken drapiert, als säße sie am Rand eines Abgrunds. Und der Abgrund ist dafür da, sie zu bewundern. Zwei Wörter begleiten mich wie ein Kehrreim: »Leben« und »Erfahrung«. Man stellt sich Wörter vor, um die Welt zu erzählen und sie zu ersetzen. Diese beiden Wörter müssen in Erfüllung gehen. Auf dem Rücken des Maulesels ist das Nachdenken angenehm. Wir reiten an der Mauer eines Klosters entlang. Wie viel Zeit gibt mir die *Proleterka* für die Erfahrung? Sie ist es, die herrscht.

Johannes hat Mühe, auf seinen Maulesel aufzusitzen. Ich habe ihn nie rennen sehen. Einen Vater zu haben, der rennt, wäre mir vielleicht unangenehm gewesen. Er hingegen hat mir beim Laufen zugesehen. Er erwartete mich nach dem Skiunterricht, auf seinen Stock gestützt. Er begleitete mich auf die Eisbahn, während ich Schlittschuh lief. Er, der weder Ski fahren noch Schlittschuh laufen noch rennen konnte, war mein unbeweglicher Begleiter. Während eines Teils der Sommer- und Winterferien war ich in seiner Obhut. Während des Schuljahrs war ich in der Obhut von anderen. Mit sechs Jahren gewann ich ein Skirennen, das einzige Mal. Mit etwa sieben begann ich weniger gut Ski zu fahren. Alles, was er selbst nicht tun konnte, ließ er die Tochter tun. So auch Tennis. Und erwartete mich, wenn das Match vorbei war. Auf seinen Stock gestützt. Als meine Ausbildung abgeschlossen war, hörte ich auf, Ski zu fahren, Schlittschuh zu laufen, Tennis zu spielen.

Von Santorin herab betrachte ich die Landschaft. Der Vulkankegel fällt senkrecht zum Meer ab. In der Ferne, als wäre sie im Hintergrund gestrandet, die *Proleterka*. In den erloschenen Träumen der Vulkane schlummernd. Unbestimmt und reglos. Am Nachmittag kehren wir auf das Schiff zurück.

Eine Stimme, die keinen Widerspruch duldet, ruft einen Offizier. Ein Befehl schallt. Der Sonnenuntergang lässt auf sich warten. Man möchte den Himmel anflehen, sich endlich zu verdunkeln. Der Tag will nicht zu Ende gehen. Der Kapitän ruft noch einmal. »Er ist in der Kabine«, sage ich – und füge hinzu: »Er ist nicht allein.« Der Kapitän tut, als hätte er nicht gehört. In scherzhaftem und freundlichem Ton sagt er: »Eifersüchtig.« Und dreht mir den Rücken zu. Ich begreife augenblicklich, dass mir ein unverzeihlicher Fehler unterlaufen ist. Ich hätte den Mund halten sollen. Ich habe die andere überwacht, die andere Frau. Ich konnte es mir nicht verkneifen, den Kapitän zu informieren. Ihm mitzuteilen, dass ich alles wusste, was sich auf der *Proleterka* zutrug, auf meinem Schiff. Ich ließ ihn wissen, dass die Frau sich nicht für ihn entschieden hatte. Weiter nichts. Sie war in der Kabine des Ersten Offiziers.

Der Sohn von Professor Z. hat ein Glas in der Hand und scheint mit den Wellen zu reden. Seine runden, hervortretenden Augen starren auf das Meer. Die Väter haben ihre Kinder nicht auf die Kreuzfahrt mitgenommen. Ausgenommen mein Vater und Professor Z., Arzt aller Passagiere auf der *Proleterka*. Auch von Johannes und mir. Er hat mich gegen Pocken geimpft. Der Sohn hat sich umgezogen, er trägt jetzt ein rosafarbenes Hemd. Es entblößt seinen Oberkörper, der glatt ist, von einem dünnen blonden Flaum bedeckt. Er ist parfümiert, riecht nach Desinfektionsmittel. Er küsst mir die Hand. Seufzt schwer. Er ist enttäuscht von der Reise, sagt seine verbrauchte Stimme. Er konzentriert sich einen Moment, ehe er verrät, weshalb. Ja, die Koje sei ihm zu kurz, er halte es schon nicht mehr aus. Er wolle nicht Arzt werden. Er studiere im dritten Jahr Medizin. Die Gesundheit des menschlichen Körpers sei ihm egal. Ebenso die Krankheiten. Jedes Mal, wenn sein Vater jemanden heile, packten ihn Trauer und Verzweiflung. Alle auf dem Schiff seien Patienten seines Vaters. Die Welt sei eine immerwährende Krankheit. Ebenso, wollte er andeuten, die Dinge geschlechtlicher Natur. »Was für Dinge?«, frage ich. Er ist verlegen. Er wette, dass auch ich eine kleine Narbe am Arm hätte. »Die Leute bilden sich ein, sie seien sicher.« Wegen einer kleinen Narbe. Seine Stimme ist langsam, näselnd, eintönig.

Narbe, wiederholt er immer wieder. »Das verstehst du nicht«, sagt er. Warum er denn Medizin studiert, will ich wissen. Weil er keinen Willen hat. Er lebt nur dank seinem fehlenden Willen. Er hat sich seinem Feind, dem Vater, vollkommen ausgeliefert. Er ist das einzige Kind. In ihm sind die ungeborenen Kinder aus der Ehe seiner Eltern vereinigt. Sie wollten mehr Kinder haben, mindestens drei. Die Wünsche der Eltern haben ihm seinen Willen genommen. Die Nichtgeborenen nehmen ihm in gewisser Weise die Lebenslust. »Nein, danke«, hatte er zu der Reise gesagt. Und schon war er unterwegs. Ja und Nein haben keine Bedeutung für ihn. Seine Mutter, die Frau des Arztes, glaubt, sie habe zwei Kinder verloren. Die Nichtgeborenen drängen ihn, Medizin zu studieren. Sie sind sich mit dem Vater einig. Seine Mutter ist jetzt in einer Heilanstalt mit vergitterten Fenstern. Sie will hinaus. Draußen gibt es eine wunderschöne Wiese. Sie sieht die Kinder spielen. Mit einem winzigen Ball. Die Kinder haben vermutlich einen außergewöhnlichen Blick, sie können sehen, was gar nicht da ist. Darin ähneln sie der Mutter. Die Mutter spielt Karten. Die Kinder mogeln. Die Mutter wird zornig. Sie verliert nicht gern. Sie beschimpft sie wild. Die Kinder suchen in einem Geldbeutel aus schwarzem Leder nach Geld. Der Geldbeutel ist leer. Sie kramen in der Handtasche der Mutter. Sie fleht die Kinder an. Sie sollen ihr nicht das Geld wegnehmen. Sie werden es ohnehin bekommen. Sie werden es auf natürlichem Weg erhalten, über das Testament. Sie haben es nicht nötig zu schummeln. Und währenddessen verfasst sie Testamente, seit Monaten. Die Kinder sind zufrieden. Sie greifen nach den beschriebenen Blättern und nehmen sie mit hinaus auf die Wiese. Die Mutter sieht ihnen durch die Gitterstäbe nach. Die Kinder lesen begeistert die Testamente zu ihren Gunsten.

Merkt der Vater denn gar nichts? Bemerkt Johannes nicht das Verhalten seiner Tochter, dieses unverschämte, schamlose Verhalten? Wir sind im Speisesaal. Johannes' bester Freund betrachtet mitleidig den Tisch in der Ecke. Den vernachlässigten Tisch. Johannes ist in sich versunken und gleichgültig. Er versucht mir etwas zu sagen – dass ich nicht vom Tisch aufstehen soll. Seine Stimme erstirbt gleich wieder. Ohne Überzeugung. Mach, was du willst, sagen seine hellen, verletzten Augen. Der Saal bebt. Die Kellner bringen die *hors-d'œuvres*. Auch sie wollen von den Zünftlern nichts mehr wissen. Artig stehe ich auf, entschuldige mich. Der Speisesaal ist ein Gefängnis.

Grob stößt mich Nikola in die Kabine. Man darf uns nicht sehen. Der Kapitän darf es wissen, aber nichts sehen. Er sperrt die Tür ab. Auch auf dem Bett ist er grob. Ich hatte beschlossen: Wir werden alles tun. Ich will immer noch mehr. In der Schule sprachen meine Freundin Sebastian (sie ließ sich so nennen) und ich über Sex. Sie wollte es mit Unbekannten tun. Auf »primitive« Weise, sagte sie lachend. Ohne höfliche Konversation. Sie ist sechzehn. Sie hat Erfahrung. Sie erzählte mir davon und provozierte mich. Jetzt, während ich mit dem Offizier im Bett liege, denke ich an meine Freundin. An ihr erotisches und wildes Wesen. Mager und kurzhaarig. Ein glatter, entblößter Nacken. Aufmerksam. Gespannt wie ein Bogen. Sie sagte, sie wolle um jeden Preis die körperliche Lust besitzen. Es gebe nichts anderes. Es gibt nichts anderes rundherum, sagte sie. Bildung hielt sie für schädlich. Wir tun nichts anderes, als uns zu bilden, von morgens bis abends, wie ein langer Schlaf. Jetzt hätte Sebastian mich sehen sollen. Ich benahm mich ein bisschen so, als wäre sie anwesend. Sie nahm es zur Kenntnis. Eine unsichtbare Anwesenheit in der Kabine. Ein kleines Lächeln in den Augen. »Du endlich auch«, hätte sie gesagt. Ja, ich endlich auch.

Nikola verstand es, mir auch meine Gedanken zu nehmen. Ich bin in einem Vakuum. Er flüstert irgendetwas. Ich verstehe nicht. »Ja te ljubim«, ich liebe dich, hauche ich tonlos in seiner Sprache. Ich bin entkräftet. Wenn man entkräftet ist, möchte man weitermachen, bis man eine Form von Auflösung erreicht. Eine totale Hingabe. »Ora basta«, sagt er auf Italienisch, jetzt ist es genug. Seine Stimme trifft mich wie ein Peitschenhieb. »Zieh dich an.« Wie eine Beleidigung. »Jetzt reicht es.« Er wirft mir meine Kleider zu. Es ist noch Zeit. Sein Wachdienst beginnt erst in einer Stunde. Von vier bis acht Uhr morgens. Er wirft mich hinaus.

Rhodos, Delos, Mykonos: So steht es im Programm. Drei Tage an Land. Rhodos besichtigen wir zu Fuß, von acht Uhr morgens bis zwölf Uhr mittags. Wir besichtigen alles, was das Programm anbietet. Das Krankenhaus der Rhodeser-Ritter, die Straße der Rhodeser-Ritter, das Schloss, die Stadtmauer ... Alles steht auf dem Programm. Johannes ist wie erschlagen. Er kann nicht so lang gehen. Die Sonne dringt bis in seine Seele vor, in sein krankes Herz, in seine verwaschenen, seit Generationen ausgebleichten Augen. Sie dringt in seine Erinnerungen ein. In seine Vergangenheit, sengend. Ich denke an Nikola, aber ich kann nicht umhin, intensiv an meinen Vater zu denken. Ein Gespenst neben mir. Zum Mittagessen kehren wir aufs Schiff zurück. Schatten im Speisesaal. Ich ziehe neben unserem Tisch die Vorhänge zu. Das Licht ist Johannes lästig. Und mir ebenfalls. Vielleicht haben wir dieselbe Krankheit. Auch meine Augen werden ausbleichen. Wir haben keine starken Augen wie seine Gattin, meine Mutter. Wie die Frauen der Generationen vor ihr. Sie hatten alle dunkle Augen. Auch wenn sie blau oder grün waren.

Ich schaue immer nur. Was ich nicht weiß: Wohin schaut Johannes? Ich kann nicht begreifen, woher er kommt. Aus einer aufgegebenen Fabrik? Aus einem Hotelzimmer? Trotzdem sind mein Vater und ich aneinander gefesselt wie von einem übergeordneten Willen, der nicht von dieser Erde ist. Als kleines Mädchen sagte ich zu ihm: »Sind Sie mein Vater?« – »Herr Johannes, ich bin Ihre Tochter.« Rechtlich gesehen gehörte ich zu ihm. Ich war seine Gefährtin dieser vierzehn Tage. Seine Gefährtin mancher Wintertage, mancher Sommertage. Und jetzt, ausnahmsweise, entgegen der Regel, auch im Frühjahr. Das Frühjahr schadet ihm. Die Natur ebenfalls.

Auf der *Proleterka* tote Momente, Zeiten des Stillstands. Nachwirkungen der Ruinenbesichtigungen. Die nervöse Ungeduld, die sich der Passagiere nach einem Landgang bemächtigt. Die Passagiere sind seit kurzem wieder an Bord. Benommen, erledigt. Die Besichtigungen haben ihre Lebensenergien geschwächt. Die Mannschaft bemerkt es sofort. Sie scheucht die Leute in die Kabinen. In die Gefangenschaft. Bis wir wieder zu Kräften gekommen sind. Es scheint, als fügte jede Etappe der Reise den Herrschaften der Zunft Schaden zu. Ruinen, Tempel, Steine und Grashalme können schädlich sein. Möglicherweise ist auch die *Proleterka* den Passagieren schädlich.

Kraftvoll kommt der Dritte Offizier daher. Er kommt mit schwankendem Gang, als herrschte draußen ein Sturm. Johannes' Tochter folgt ihm in die Kabine. Er fordert sie auf, sich auszuziehen. Er fordert sie auf zu tun, was sie mit Nikola tut. Ohne viele Umstände. Die Tochter denkt, das gehört zur Erfahrung. Sie zieht sich aus und tut, was sie mit Nikola tut. Die derben Finger des Offiziers streicheln sie. Schuppen. Er ist grob wie Nikola. Sie fühlt sich, als würde sie ausgelost. Von der Mannschaft ausgelost. Sie empfindet Lust im Abscheu. Ich mag das nicht, ich mag das nicht, denkt sie. Trotzdem tut sie es. Sie hat nicht mehr viel Zeit. Die *Proleterka* ist der Ort der Erfahrung. Wenn die Reise zu Ende ist, muss sie alles wissen. Am Ende der Reise wird Johannes' Tochter auch sagen können: Nie, nie wieder. Nie wieder irgendeine Erfahrung. »Ich möchte gehen«, sagte sie jetzt. Der Mann wirft ihr die Kleider hin. »Bitte sehr.« Er lacht. Er zeigt ihr die Tür.

Die Einfahrt in den Bosporus. Es ist das Ende der Reise. Noch drei Nächte. Drei Abende im Speisesaal. Zwei Etappen. Istanbul und Athen. Die *Proleterka* gesteht mir noch eine kurze Zeit zu, um Johannes kennen zu lernen. Es ist die letzte Möglichkeit, etwas über meinen Vater zu erfahren. Mir darüber klar zu werden, wer mein Vater ist. Und ich gehe ihm aus dem Weg. Er sitzt zusammen mit anderen an Deck. Mit dunkler Brille. Dunkel gekleidet. Wie immer. Ich möchte zu ihm gehen und ihn bitten, die geschützteste Stelle aufzusuchen. Der Freund, der beste Freund, spricht mit lauter Stimme. Er lacht. Neben ihm seine Frau, Geheimnis des Unglücks. Ich sehe Johannes an und fürchte um sein Leben. Ich laufe vor ihm davon. Ich kann ihn aus der Ferne beobachten. Seine Erscheinung von weitem betrachten. Ich werde keine weitere Gelegenheit mehr bekommen, meinen Vater kennen zu lernen. Ich scheue das Erkennen, als wäre dies der einzige Weg der Erkenntnis. Ich beobachte ihn. Zusammen mit den Passagieren von der Zunft. Zusammen mit seinem Freund. Befreundet waren sie schon als Jugendliche, als Studenten. Schon damals unternahmen sie gemeinsame Bootsausflüge. Auf den Seen. Ausflüge in die Natur. Der lächelnde Freund. Braun gebrannt auch im Winter.

Johannes lächelt nicht. Die Familie, seine Familie, hatte ihr Vermögen noch nicht verloren. Dennoch ist nicht einmal der Anflug eines Lächelns zu erkennen. Der Gesichtsausdruck stets derselbe, traurig und abwesend. Johannes ist zwanzig Jahre alt. Der Zwilling ist noch nicht erkrankt. Das große väterliche Haus an dem Ort namens Tristezza Rossa scheint heiter unbewohnt. Die Fabrik und der Schornstein sind nicht weit weg. Die Mutter, steht in ihrem Pass, hat gelbe Augen. Ein paar Jahre später wird im Pass des Sohnes stehen: »Besondere Kennzeichen: Invalide.«

Der Invalide, die gelbäugige Mutter, der Textilfabrikant, der ihr Ehemann ist: Ich bin ihnen nie begegnet. Aber ich besitze außer ihren Porträts auch ihre Ausweise. Was es zu wissen gibt, weiß ich. Die Ausweise sind in einer Schublade eines langen schmalen Schreibtisches mit grüner Lederauflage eingesperrt. Ich kann die Lade jederzeit öffnen und mich vergewissern. Sie liegen übereinander. Ganz unten der Textilfabrikant, in der Mitte die Mutter und an oberster Stelle der invalide Zwilling. Ich weiß nicht, wie die Ausweise zu mir gelangt sind. Sie sind gut erhalten, wirken wie neu. Sie sind nicht abgegriffen wie ein Pass, der oft und lange in Gebrauch war, in den Händen hin und her gewendet wurde. In jedem Ausweis ist ein Foto. Das Foto des Invaliden will ich nicht sehen. Ich kann es nicht ansehen. Wenn ich es doch einmal ansehe, berühre ich mein Gesicht, meine Züge.

Die Augen der Mutter lodern in der Dunkelheit. Sie trägt ihr schwarzes Mieder, die gestärkten weißen Falten, eine unendliche Zahl von Plisseefalten, weiß, dünn, beinahe durchsichtig. Ihre Tracht, die Haube mit der Spitze, fast alles strebt nach Verschwinden. Es verdunstet. Nur die gelben Augen nicht. Sie sind ein Aufruf. Ein heraldisches Merkmal der Frau. Ihr Gelb hat nichts Sonnenhaftes. Es ist ein nordisches Gelb. Das Gelb nach einem Gewitter. Die Farbe, die zurückbleibt, wenn Himmel und Wolken sich beruhigen. Und fast so etwas wie eine Spur hinterlassen, eine Erinnerung an ihren Zorn. Ein Gelb, durchsetzt mit grünen Streifen. Die Fotografie hat eine Farbe ausgelöscht, die erst mit dem Wort wieder zum Vorschein kommt. Sie, die Mutter, in ihrem Pass eingeschlossen und vom Namen einer Farbe heraufbeschworen.

Die Ausweise der Toten. Der Schreibtisch ist lang, er sieht fast aus wie eine Tafel in einem Refektorium. Mit Tintenflecken. Abdrücken. Die drei sitzen an ihren Plätzen. Die Frau mit den gelben Augen, der Textilfabrikant, der kranke Sohn. Invalide. So steht es in seinem Ausweis. Sie haben den Familiensitz in dem Ort namens Tristezza Rossa aufgegeben. Auch das Haus im Süden haben sie aufgegeben, weil es verkauft wurde. Auch die Möbel, sie wurden versteigert. Dem Invaliden mit seinem Rollstuhl stehen keine Hindernisse mehr im Weg. Er kreist durch die leeren Zimmer. Eigensinnig fährt er mit dem Rollstuhl herum, streift die Wände. Berauscht ist der Rollstuhl, ungebremst. Nichts ist mehr da. Nur noch die Sonne des Südens. Sie sickert durch den Garten. Jemand ruft. Ohne Stimme. Also bleibt ihnen nur noch mein Schreibtisch als letzter Wohnort.

Nichts verbindet mich mit dieser Familie. Ich bin eine Nachfahrin ohne Bindungen. Die Papiere beweisen, dass Johannes' Eltern existiert haben. Und der Invalide. Die Details festgehalten in den Pässen, samt den Stempeln von unternommenen Reisen. In einer schwarzen Aktenmappe mit einem Etikett auf dem Deckel die Geschichte der Fabrik. Gegründet Mitte des neunzehnten Jahrhunderts. In gewisser Weise gehört mir auch die Textilfabrik. Ich hatte schon immer einen haptischen Sinn für Stoffe. Es gibt Stoffe, die abstoßen. Wir haben die Unterlagen über die Fabrik, diese drei Personen und ich. An dem Ort namens Tristezza Rossa halte ich mich lange auf. Ich höre noch das Hundegebell. Uns gehört, was wir nicht besitzen.

»Du wirst diese Reise mit deinem Vater nicht vergessen.« So sprach vor dem Tempel zu Delphi der Freund meines Vaters. Johannes' Tochter sollte diese Reise mit ihrem Vater nicht vergessen. Während ich die Ruinen betrachte, ermahnt mich seine Stimme, diese Reise nicht zu vergessen. Kaum gehen wir an Land, verfolgt mich die Stimme. Einschmeichelnde Stimme. Auf jeder Etappe der Reise, vor jedem Stein, erinnert mich Johannes' Freund daran, dass ich mich erinnern muss. Seine Frau hat glänzende Augen. Vielleicht denkt sie, dass Johannes' Tochter sich an etwas erinnern muss, das ihr verloren geht. Die Vorstellung, dass die Tochter büßen muss. Ich gehe zwischen den Ruinen herum und versuche mich zu erinnern. Doch die vergangene Nacht tritt vor mich hin. Johannes' Freund lacht. Listig die Augen, und schmal. Die Vegetation steht in Blüte, Farbenpracht glüht auf den Wiesen und ist schon auf dem Weg zur Dürre. Zum Gestrüpp. In Athen, auf der Akropolis, nähert sich Johannes' Freund mit der Kamera. »Du wirst diese Reise mit deinem Vater nicht vergessen.« Ich prägte mir die von ihm fotografierte Akropolis ein.

In jener Nacht hat Nikola gesagt, es reicht. Es ist genug. Und Johannes' Tochter hört noch immer diese Worte. Als er, der Offizier, sich verweigert hat. Der halbe Liebhaber. Der Nicht-ganz-Liebhaber.

Auf der Akropolis ist Johannes abgekämpft. Da ich nicht vergessen soll, betrachte ich ihn. Gleichgültig starrt er auf die Ruinen. Es ist Frühling, und er ist gekleidet, als könnte es jeden Moment schneien. Er stützt sich auf den Stock. Denselben Stock, den er in den kurzen Winterferien benutzt. Seine blassen Augen wandern von einem Stein zum nächsten. Was sieht Johannes? Ich bin beinahe sicher, dass er sich, während er sich umschaut, an nichts erinnert.

Gegen Ende der Reise hegten die Passagiere keine Sympathie mehr füreinander. Die Gesichtsausdrücke schienen verändert. Ein eigenartiger Schwindel hatte sie erfasst, ein atavistisches und kriegerisches Bedürfnis, die Reisegefährten zu überwältigen. Selbst der Pfarrer war unruhig geworden. Mit finsterer Miene ging er herum und suchte im Meer nach den versunkenen Predigten. Alle hatten den Verdacht, es könnte am Ende der Reise etwas Furchtbares geschehen.

Johannes lagen solche Leidenschaften fern. Er lag sich fast selbst fern. Da kam es durch einen Blick des Einverständnisses zu einem Augenblick großer Nähe zwischen ihm und dem Kapitän. Fast als gehörten sie derselben Bruderschaft an. Johannes' Tochter entging dieser Blick nicht. Zum ersten Mal empfand sie etwas Ähnliches wie Freude, als hätte sie eine Herausforderung bestanden. Etwas Ähnliches wie Stolz.

Verbissen und bedrückt schicken die Passagiere sich an, von Bord zu gehen. Venedig. Die Reise ist zu Ende. Auf dem Programm steht: »Auflösung.« Am oberen Ende des Landungsstegs steht der Kapitän und verabschiedet sie. Seine blauen Augen frohlocken kalt. Endlich verschwinden sie. Johannes geht langsam den Steg hinunter. Hinter ihm seine Tochter. Wir sind die Letzten.

Wir haben kein Gepäck. Wir machen den Eindruck, als hätten wir nichts. Die *Proleterka* scheint verlassen. Sie hat beinahe ihren Charakter verändert. Sie ist metallischer, schwärzer. Ohne sich von der Stelle zu rühren, trieb sie steuerlos dahin. Ein Matrose geht umher wie ein Gespenst, das es eilig hat und Befehle verabscheut. Der Kapitän hat sich aus dem Staub gemacht. Die *Proleterka* nimmt wieder Besitz von sich. Und sie macht kein Hehl daraus. Jetzt ist es schwierig, an Bord zu gelangen. Sie riegelt sich hermetisch ab. Sie kann nur noch im Sturm geentert werden. Sie wirkt wie eine Art Mausoleum. Eine Kriegstrophäe. Sie gehört zum ewigen Altertum der Meere. Der Abgründe. Der Märchen.

Langsam gehe ich die Riva degli Schiavoni entlang. Ich drehe mich um. Ich suche das Schiff. Sein Name verschwindet. Der Name *Proleterka* wird zersetzt vom fernen Licht am Horizont. Wenige Minuten dehnen die Zeit. Ich warte auf die Andeutung eines Grußes. Von einem imaginären Mitglied der Mannschaft. Ich warte darauf, dass der Offizier sich noch einmal zeigt. Mein Liebhaber. Ein letzter Gruß. Ich möchte noch einmal sein Abbild am Bug der *Proleterka* eingemeißelt sehen. Wir haben uns grußlos getrennt. Nikola ist am Abend zuvor verschwunden. Er war nicht unter den Offizieren, die sich von den Passagieren verabschiedeten. Er ist verschwunden, als hätte er nie existiert. Oder nur nachts. Als hätte ich nie existiert. Und ich stand da, an der Mole, und tat, als suchte ich etwas auf dem Boden.

Johannes, mein Vater, fragt mich, weshalb ich mich ständig umdrehe. Sein Tonfall ist scharf. Sicher geht es ihm auf die Nerven. Ich suche etwas, das kein Erscheinungsbild hat. Vielleicht ein Amulett. Wie müssen sie ihm zuwider gewesen sein, diese nächtlichen Ausflüge in die Kabine des Offiziers. Und tags darauf die Apathie seiner Tochter. Die sich jetzt umdrehte, um die Nacht zu suchen.

Die Johannes zugestandenen vierzehn Tage sind um. Mein Vater hat es eilig. Er geht, als wäre er von seiner Anomalie geheilt. Wir gehen am *Danieli* vorbei. Hier haben Johannes und seine junge Ehefrau nach der Hochzeit ein paar Tage gewohnt. Das weiß ich von Johannes' Gattin. Nicht von ihm. Er hätte wohl kaum erwähnt, dass er einst mit einer jungen Frau voller Freude und Raserei verheiratet war. Er konnte es nicht verstehen. Seiner Meinung nach war sie exaltiert. Während an ihm gar nichts Exaltiertes war. Das machte seine Frau rasend. Sie wollte ihn treffen, beleidigen, Johannes aus seiner Kälte aufrütteln. Johannes' Sippe bestrafen. Und den Invaliden. Sie fiel über den Zwilling her. Sie glaubte, ein spöttisches Lächeln bei dem Kranken zu sehen. Das Lächeln, das seine Lähmung hervorgerufen hatte. Und das ihm für immer blieb. Johannes' Ehefrau ertrug dieses Lächeln nicht.

Der Kranke ist sich bewusst, dass Johannes' Ehefrau sein Lächeln hasst. Wie die Nichtkranken betrachtete er sich im Spiegel. Der ihn spöttisch musterte. Vom eigenen Spiegelbild verhöhnt. Als wollte der Spiegel ihn nicht nur nachahmen, sondern ihn darüber hinaus eine Absicht erkennen lassen. In diesem Moment wendete der Zwilling seinen Rollstuhl. Im Übrigen braucht er keinen Spiegel. Er spürt, dass sich sein Mund den Abdruck dieses letzten Mienenspiels bewahrt hat. Der letzte Augenblick vor der Erkrankung hat sich ihm eingeprägt. Etwas Angenehmes, etwas geheimnisvoll Angenehmes. Was war es denn, das ihn zum Lächeln gebracht hat?

Ohne Eile betrachtete er die unerbittliche Zeit, die ihm zustand. Er ließ zu, dass Johannes' Ehefrau, ihr Seidenkleid, ihr Hut, ihre Perlen über ihn herfielen. Er lächelt weiter. Jahrelang. Ohne zu altern.

Ich kehrte in die Schule zurück, ins Gymnasium. Ein paar Monate später besuche ich Johannes. Im Hotel. Wo ich ebenfalls ein Zimmer habe. »Wie geht es Ihrer Tochter, dem Fräulein?« Der Hoteldirektor verbeugt sich. Er verbeugt sich vor seinem Gast Johannes, der seit vielen Jahren bei ihm wohnt, seit zu vielen Jahren. Im Hotel wohnte auch eine Familie, Vater, Mutter und Sohn. »Die Juden« nannten sie der Direktor und der Portier. Auch sie Dauergäste, wie Johannes. Auch sie schon zu lange. Johannes und ich essen im Hotelzimmer zu Abend. An dem runden Tisch. Wir haben uns wenig zu sagen. Der Kellner deckt auf, verteilt die Kristallgläser, das Silberbesteck. Manchmal aßen wir auch im Restaurant des Hotels. Am ersten Tisch gleich neben dem Eingang saßen der Direktor mit Frau und Tochter. Drei Tische weiter Johannes und ich. Die Tochter und der Direktor grüßen und sehen uns an, sie schauen herüber, während wir essen. Ihre Blicke auf unseren Tellern. In Gedanken schrieben sie uns schon die Rechnung aus. Auch die Tochter. Ein Kind. Wir haben sie aufwachsen sehen. Bereits mit fünf Jahren schaute sie herüber, während wir aßen. Kaum aus der Gebärmutter geschlüpft, war sie schon bereit, den Konsum der Gäste ihres Vaters, des Direktors, zu berechnen. Sie hatte schon gelernt, das Gedeck in Rechnung zu stellen. Uns, oder vielmehr Johannes, kostete es weniger, im Zimmer zu essen. Im Zimmer kamen wir mit Brot, Käse und Obst aus. Im Restaurant hingegen musste man bestellen. Der Kellner steht neben dem Tisch und erwartet weitere Bestellungen. Noch einmal, noch mehr. Die Kleine schaute von ihrem Posten aus herüber. Ihre leuchtend farbigen Augen auf unseren Tellern. Sie leckte den Löffel ab, den sie in ihr Eis mit heißer Schokolade getaucht hatte, die lange, glänzende Birne, gierig. Sie war schön und kräftig. Manchmal hatte ich den Wunsch, mit ihr auszugehen. Ich kannte niemanden meines Alters. Sie aber zierte sich. Sie hatte sofort begriffen, dass ich einsam war. Ich hätte für ihre Gesellschaft zahlen müssen. Möglicherweise war sie es, die ihrem Vater, dem Direktor, nahelegte, uns auszuquartieren. Uns, die Pensionsgäste, die eine Monatsmiete zahlten.

Manchmal nahm mich Johannes ins Restaurant der Zunft mit. Der Eingang ist in den Arkaden. Im ersten Stock Stille, die vornehmen Herrschaften unterhalten sich in gedämpftem Ton. Das Besteck bewegt sich mühelos, fast ohne den Teller zu berühren. Draußen fließt der Fluss. Die Schwäne gleiten dahin. Eine Tram fährt vorüber. Die Autos. Wenn ein Zünftler stirbt, pflegt man einen Leichenschmaus zu veranstalten. Johannes fühlt sich einsam. Es hat bereits der Leichenschmaus für seinen engen Freund stattgefunden. Hier im Restaurant. Er hatte es nicht mehr geschafft, die Fotos von der Reise zu zeigen. In dem Saal mit der niedrigen Gewölbedecke sind wir fast die Einzigen. Johannes sieht sich um. Vielleicht überlegt er, wo er das Bankett ausrichten soll. Er denkt darüber nach, ob es zweckmäßig ist, es genauso zu machen wie sein Freund und alle Zünftler ins zunfteigene Restaurant einzuladen. Warum sollte er an seinen Tod denken? Notfalls gibt es ja immer noch das Fräulein Gerda. Wir reden nicht miteinander, Johannes und ich, aber ich spüre, dass er den Wunsch hat, vor seinem Tod alles zu regeln. Wenigstens alle Formalitäten. Ort, Restaurant, die letzten Bestimmungen, und nichts Unerledigtes zurückzulassen. Ich begreife, dass er es meinetwegen tut. Alle seine Gedanken gelten seiner Tochter. Vielleicht denkt er auch daran, Gläser, Teller und Besteck einzupacken. Alles einzupacken, was von seinem Hotelzimmer übrig ist. Wir sitzen uns gegenüber. Seine hellen Augen irren weiter zwischen den leeren Tischen des Restaurants hin und her. Im Geist ist er damit beschäftigt, sie zu füllen. Er stellt eine Namensliste zusammen. Um den Pfarrer muss er sich keine Gedanken machen. Es ist derselbe wie auf der *Proleterka*. Auch er hat sich im Speisesaal auf dem Schiff umgesehen. Alle sollten Gäste seiner Trauerrede sein. Gäste der Evangelien, die er lesen würde, alle. Und die Gäste beim Leichenschmaus? Die Passagiere der *Proleterka*.

Der Pfarrer war um dieselbe Zeit wie Johannes in die Zunft eingetreten. Er hatte ihn getraut. Er hatte seine Tochter getauft und später gefirmt. Johannes' frühere Gattin hatte dem Pfarrer geschrieben und um den Taufschein der Tochter gebeten. Der Pfarrer schickte ihr zwei Ausfertigungen. Mit unterschiedlichen Daten. Vielleicht wusste er nicht mehr, wann er in dem Haus in der Stadt mit dem See und den Zunfthäusern Johannes' Tochter getauft hatte. Es sei denn, es gab vor ihr eine andere Tochter, von der ich nichts weiß. Deren Spuren sich vollkommen verloren haben. Sie trägt denselben Namen wie ich. Das Standesamt kennt sie nicht. Trotzdem hätte der Pfarrer schon vor mir jemanden getauft, ein Kind von Johannes und seiner Frau. Ich habe häufig die Gegenwart eines anderen Wesens neben mir gespürt. Eines schwierigen, kranken Wesens mit einer Neigung zum Selbstmord. Eines Wesens, das ich nie kennen gelernt habe. Das ein Jahr vor mir getauft worden wäre. Im selben Haus, nicht weit von der Kunsthalle. Ich hätte ihm seinen Namen gestohlen. Es hat mir meine Existenz gestohlen. Ein Wesen, das versucht hätte, an meiner Stelle zu leben. Wenige Tage nachdem Johannes' Ehefrau die beiden Taufscheine erhalten hatte, schickte der Pfarrer einen Brief hinterher. Darin hieß es, er habe sich geirrt. Ein Irrtum, den ich nie mehr vergaß.

»*C'est le plus grand plaisir que vous ayez pu me faire, de me quitter*«, sagte Johannes sehr freundlich zu seiner Frau. Sie habe ihm keinen größeren Gefallen tun können, als ihn zu verlassen. Johannes und ich sind uns ähnlich. Er ist krank. Ich noch nicht.

Johannes und seiner Tochter fällt es schwer, Einladungen zum Essen anzunehmen. Im Übrigen haben sie wenig Bekannte. Wir kennen den Adoptivvater von Fräulein Gerda. Einen starken Mann mit Hund. Einer Bulldogge. Ein Mann, der Kraft ausstrahlt. Er hat uns mehrmals zum Essen eingeladen. Johannes fragte seine Tochter: »Möchtest du zu ihnen gehen?« »Nein.« Er sagt zu Gerdas Adoptivvater: »Meine Tochter hat nein gesagt. Danke.« Es widerstrebte uns beiden, andere in der Intimität ihres Hauses zu erleben. Eine Einladung zum Essen ist immer eine ziemlich intime Angelegenheit. Man betritt eine Wohnung, in der zwei Menschen miteinander leben. Wie Gerda und ihr Adoptivvater. Die Zimmer und der Speisesaal sind durchdrungen von ihrer Gegenwart. Uns beiden – aber darüber haben wir nie gesprochen – behagt es nicht, zu Leuten nach Hause zu gehen und die von ihnen zubereiteten Speisen zu essen. Außerdem bin ich sicher, dass dieser stämmige Mann irgendetwas mit der kleinen Gerda angestellt haben muss. Und ein Überrest ihrer Beziehung hat sich in der kleinen Wohnung gehalten. Häuser sind nicht nur vier Wände. Häufig sind sie verseuchte Orte. Man sollte nicht mit dieser Unbekümmertheit und Leichtigkeit Gäste zum Essen einladen. Zum Essen gingen Johannes und ich fast nur ins Haus seines engen Freundes. Aber den Freund gibt es nicht mehr. Also werden wir auch nicht mehr eingeladen.

Eines ist sicher: Wir haben keine sozialen Beziehungen. Seitdem Johannes' bester Freund im Restaurant der Zunft seinen endgültigen Abschied hatte, ist uns niemand geblieben. Bis auf die übrigen Zunftmitglieder. Bis auf die Passagiere der *Proleterka*. Und den Mörder, der Johannes mehrfach gebeten hat, er möge ihm helfen, das Haus im Süden zu verlassen. Er will unbedingt in die Stadt zurück, in der seine von ihm ermordete Mutter lebte. Und in der er ein paar Jahre Gefängnis abgesessen hat. Es ist das einzige präzise und reale Detail, das ich von Johannes kenne. Er hat einem Mörder geholfen.

Johannes geht es nicht gut. Ich besuche ihn im Hotel. Fräulein Gerda ermahnt mich, meinem Vater zur Seite zu stehen. Am nächsten Tag reise ich wieder ab. Johannes dankt mir für den Besuch. Wenige Monate später hat Fräulein Gerda die Beisetzung organisiert. Auf die bestmögliche Weise. Kaum bin ich aus dem Zug gestiegen, schickt sie mich zum Friseur. Sie leiht mir ein schwarzes Kostüm. Ich kann es behalten, wenn ich will. Sie fragt mich, ob ich die Absicht hätte, das Testament anzunehmen. Ich bejahe. Ob ich das Nichts annehmen wolle. »Ja.« Sie ist die Testamentsvollstreckerin. Ihr stehen zehn Prozent von allem Besitz zu. Ich bin die Alleinerbin und kann über Johannes' verschwundenes Vermögen verfügen. Über das vollkommene Fehlen eines Vermögens. Fräulein Gerda zeigt mir das Blatt, das mich als Alleinerbin ausweist. Es stehen keine Grußworte dabei. Nur Johannes' Unterschrift. Vor- und Nachname. In der letzten Zeit hat er jeden Brief an mich mit Vor- und Nachnamen unterschrieben.

Fräulein Gerda meint, ich solle es mir genau überlegen, ehe ich zustimme. Die ehrlichen haselnussbraunen Augen. Das fliehende Kinn. Jede ihrer Gesten getränkt von Mitleid und Vorsicht. Sie bereitet mich auf etwaige Schulden vor. Und auf sonstige Unannehmlichkeiten. Die Gläubiger. Sie könnten sehr viel mehr fordern, als ich hätte, sagt sie. Als wir hätten. Sie zehn Prozent. Jedermann könnte von Johannes und seiner Tochter etwas fordern. Ich könnte das Nichts und noch ein bisschen mehr als das Nichts verlieren. Deshalb fragt sie mich, ob ich sicher sei, dass ich nicht auf Johannes' Letzten Willen verzichten will, und sieht mir direkt in die Augen. Sie reicht mir ein Blatt Papier und bittet mich zu unterschreiben. Ich verzichte nicht auf das Nichts. Ich kann nicht auf das Nichts verzichten. Tut ihr das leid, dem Fräulein Gerda? Besorgt gibt sie mir Kleingeld. Es kamen die Kisten mit den Gläsern, dem vierundzwanzigteiligen Service aus Meißener Porzellan, dem Silberzeug. Das Fräulein zeigt mir die Traueranzeige. Mit schwarzem Rand. Den schwarz umrandeten Umschlag. Schweres, dickes Papier. Ein großer Umschlag. Schön gedruckt. Der Text auf Deutsch. »In tiefer Trauer«, und darunter der Name der Tochter. »Sanft entschlafen.« Ich habe nichts gegen den Text einzuwenden. Fräulein Gerda hätte es nicht besser machen können. Es ist ihr großer Augenblick. Der Mann, dem sie sich gewidmet hat, ist in den ewigen Frieden eingegangen, heiter und gelassen. Ohne es zu merken. Ohne zu leiden. Während der Nacht. Sie war es, die am

Morgen gerufen wurde. Sie hat keine Zeit verloren. Geschwind wie ein Spatz und sein Gezwitscher nahm sie die Organisation in die Hand. Sie suchte den Anzug für Johannes aus. Kurz und bündig erteilte sie Befehle, bezahlte Rechnungen, hob den schwarzen Telefonhörer ab, sprach hinein, nahm den Tonfall und die Würde einer verhinderten Witwe an. Einer treuen Frau. Einer Testamentsvollstreckerin im Glanz der Pflichterfüllung. Einer Frau, die erst den Anzug für Johannes aussucht, dann die Tochter einkleidet. Ein schwarzes Kostüm, das zu groß ist. Streng. Und sie ordnete ihr das Haar. Und den Geist. Sie rät ihr, sich an die Regeln zu halten. Das Fräulein hat viele Menschen zu Johannes' Beisetzung eingeladen. Sie hat viele Menschen ins Restaurant eingeladen, nachher.

In der Kapelle hält der Pfarrer, der Passagier auf der *Proleterka* war, die Homilie. Er wendet sich an die Leidtragende, Johannes' Tochter, und an die Freunde. Er erzählt vom Leben des Verstorbenen. Er spricht von der Zeit, als sie beide, der Pfarrer und Johannes, der Zunft beitraten. Noch als Studenten. Kurz zuvor war der Erste Weltkrieg ausgebrochen. Der Pfarrer spricht von Johannes' Ehe mit dem italienischen Fräulein. Er spricht von der Fabrik. Der Pfarrer weiß alles vom Leben seiner Zunftbrüder. In Johannes' Namen und im Namen der Kameraden dankt er Fräulein Gerda, der getreuen Assistentin, für ihre Tüchtigkeit ... Und wieder tönt die Stimme des Pfarrers durch die Kapelle. »Die Spuren des Alterns« beim jungen Johannes, die ersten Anzeichen des Alters bei einem jungen Mann. Und er spricht von mehreren Operationen, die das Kind Johannes früh im Leben über sich ergehen lassen musste. Von alledem hatte Johannes' Tochter keine Ahnung. Der Pfarrer erzählt, dann liest er aus den Evangelien. Johannes verbrennt währenddessen. »Sag danke«, sagt das Fräulein. »Sag danke.« Ich weiß, dass ich danken muss. Sie fürchtet, ich könnte nicht danken. Sie fürchtet, ich ließe es an Dankbarkeit gegenüber den Worten des Evangeliums, gegenüber dem Pfarrer, gegenüber dem Feuer fehlen. Draußen vor der Kapelle drücken das schwarze Kostüm und das Kostüm des Fräuleins viele Hände und danken. Und doch gibt es etwas, das ihren Missmut erregt. Johannes' Tochter hat einen Kranz abgelehnt. Einen prachtvollen Blumenkranz. Aus kleinen zusammengehefteten Trieben. Aus Miniaturköpfen. Wie bei manchen ecuadorianischen Stämmen. Niemand hatte Erbarmen mit diesen Blumenkronen, die kurz zuvor noch im kalten Wind geatmet hatten. Nein, sagte ich. Schickt ihn zurück. Ich wollte diesen Kranz nicht. Das Fräulein errötete. Das durfte ich nicht, ich durfte keinen Kranz zurückschicken. Johannes' Tochter schickt keinen Blumenkranz zurück, sagt sie. Nach Ansicht des Fräuleins habe Johannes zu entscheiden, ob dieser Kranz anzunehmen sei oder nicht. Aber Johannes hat hinsichtlich der Annahme oder Ablehnung von Blumen keinerlei Anweisungen erteilt. Schweren Herzens wirft das Fräulein einen letzten Blick auf den pompösen Kranz mit der violetten Schleife und der goldenen Aufschrift, die sich wirklich gut ausnimmt. Sie lässt zu, dass die Bestattungsdiener ihn forttragen. Er scheint schwer zu sein. Der Hoteldirektor hat ihn geschickt. Er hat ihn seinem Stammgast geschickt. Jetzt kann er den Kranz zerlegen und kleine Sträußchen daraus binden, als Tischdekoration für das Hotelrestaurant. Im Auftrag von Johannes' Tochter. Trauerblumen und Moschus.

Der Pfarrer hat das Fräulein beim Namen genannt. Das treue Fräulein. Der Name hallt durch die Kapelle, der Pfarrer wendet sich direkt an sie. Die Glasfenster erstrahlen von ihrem Namen. Das Fräulein ist gerührt. Ohne Tränen. Sie ist unsichtbar gerührt. Im Restaurant sind sämtliche Passagiere der *Proleterka* versammelt. Es ist das Bahnhofsrestaurant. Der mittlere Saal, in dem ein großes halbmondförmiges Bullauge auf die Bahnhofsstraße hinausgeht. Das Fräulein Gerda hat es so beschlossen; auf diese Weise können die Passagiere, die mit dem Zug gekommen sind, gleich wieder verschwinden, mit dem Aufzug. Und das Gleis ist auch gleich da. Praktisch unter dem Teller. Das Fräulein strahlt. Sie führt den Vorsitz an einer langen Tafel. Sie reden mit ihr, die Herren von der Zunft. Sie lachen, sie scherzen. Auch das Fräulein scherzt, maßvoll. Sie behält Johannes' Tochter im Auge. Die Tochter, denkt sie, ist anständig. So sei es. Zu jedem einzelnen Passagier der *Proleterka* ist sie freundlich. Sie dankt. Der Pfarrer sitzt ihr zur Rechten. Aber er richtet kein Wort an sie. Ohnehin ist er außerhalb der Kirche ein Mensch, der wenig spricht und lieber beobachtet. Seine Predigt in der Kapelle war hingegen alles andere als kurz. Immer wieder kam er auf die ersten Anzeichen der Krankheit bei dem Kind und später dem Knaben Johannes zurück. Viele Operationen. Viele Leiden. Ich hörte zu, ich hatte die Homilie nicht verlangt – diese Lagerstätte für Worte. Er erzählte Dinge von meinem Vater, die mir völlig neu waren. Ich empfand eine tiefe und fatale Nähe zu ihm.

Ein paar deutsche Wörter haben sich Johannes' Tochter für immer eingeprägt. Der Pfarrer sprach: »Johannes bekam die Zeichen des Alterns schon früh zu spüren, schon als Kind.« Johannes' Tochter findet die deutsche Sprache in bestimmten Wörtern aus dem Mund des Pfarrers wieder. Wie musikalische Motive begleiteten sie ihre eigene Sprache, das Italienische. Genauso haben sich ihr bestimmte Sätze des Offiziers eingeprägt. Sie denkt nicht mehr an Nikola. Der Gedanke ist komplett aufgehoben. Vorbei die Kabinengeschichte mit dem Offizier.

Von Fräulein Gerda habe ich keine Nachricht mehr. Sie hat ihre zehn Prozent bekommen. Es traten keine Gläubiger auf. Vielleicht habe ich ihr nicht genügend gedankt. Ich habe ihr nicht für den Abscheu gedankt, den sie bekundete, als ich Johannes auf die Stirn zu küssen versuchte. In der eisigen Kammer. Sie stand neben mir. Das Fräulein denkt: Tote küsst man nicht. Sie weiß nicht, dass ich Johannes einen Nagel, ein kleines Stück Eisen in die Jackentasche geschoben habe. Wenigstens das durfte ich tun. Etwas sollte zusammen mit ihm verbrennen. Es leistet Johannes Gesellschaft, während er brennt. Ein Geschenk seiner Tochter. Toten schenkt man nichts. Als ich die Kammer verließ, ging ich in dem Bewusstsein, dass ich einen Zeugen des Feuers zurückgelassen hatte.

Ich bin dein Vater. Seit Johannes' Tod ist viel Zeit vergangen, und jetzt behauptet jemand, mein Vater zu sein. Er lebt in der Stadt am See, in der Johannes und ich jahrelang im Trachtenzug mitgegangen sind. Er spricht deutsch. Er ist soeben neunzig geworden. Er nennt den Namen meiner Mutter. Er sei sehr verliebt in sie gewesen. Er zählt bestimmte Daten auf. Die Daten könnten stimmen. Der Mann ist glücklich, seine Tochter wiedergefunden zu haben.

Ich erhalte einen Brief. Ich lese: »Ich bin dein Vater.« Der Brief endet mit: »Dein Vater.« Dazwischen die Geschichte. Wie er sich in meine Mutter verliebte.

Nur ein einziges Mal hat er mich gesehen. Als ich vier Jahre alt war, besuchte ich ihn, den Absender des Briefes, zu Hause, in Begleitung meiner Mutter. Der Frau, die er liebte. Es war ein Beileidsbesuch. Er hatte einen fünfjährigen Sohn, der bei einem Unfall ums Leben kam. Das Kind rannte über die Straße und wurde von einem Auto überfahren. Jetzt schreibt er, ich gliche seinem toten Sohn aufs Haar genau. Dieselben Augen. Auch der Blick. Mich zu sehen habe ihn erschüttert. Ich sei sein zurückkehrender Sohn.

Nach den Worten des Mannes, der behauptet, mein Vater zu sein, hätte ich also einen Bruder gehabt, der mit fünf Jahren gestorben ist. Ich frage mich, ob es dieser Bruder ist, der meine Existenz hin und wieder gestört hat. Ob er das Wesen ist, das vielleicht an meiner Stelle leben wollte. Das es so eilig hatte, dem Tod entgegenzugehen. Ich glaube nicht, dass der Mann mein Vater ist. Lieber glaube ich an den Bruder, der einen tödlichen Unfall hatte. Und zu diesem Bruder empfinde ich tiefe Zuneigung. Nicht zu dem Mann, der spricht.

Ich erhalte weitere Briefe. Mit Eilpost befördert. Eine klare und langweilige Handschrift. Ein Foto. Ein Gesicht mit breiten Wangenknochen. Wieder ein Bild.

Ich weiß nicht, aus welchem Impuls heraus ich eines Tages an der Tür des Mannes läute, der behauptet, er sei mein Vater. Seine Frau macht mir auf, mager, geradezu ausgemergelt, freundlich. Bei meinem Anblick gerät sie beinahe in Verzückung. Der Mann sitzt auf der Veranda. Das Licht aus dem Garten, es scheint blau, ein ewiges Licht. Wir unterhalten uns auf der Veranda. Die Frau sitzt an seiner Seite. Die Füße nebeneinandergestellt. Ein Rock, der bis zu den mageren Knöcheln reicht. Flache Schuhe. Ruhig. Ruhig wie der Garten außerhalb der Veranda. Eine harmonische Zusammenstellung von Elementen. Sie wird nur wenig jünger sein als er. Ein Stück entfernt ein Schreibtisch, Fotografien. Von Menschen, die gelebt haben. Die Erinnerungen haben. Geburtstage. Ein Weihnachten über das andere gebeugt. Feiern. Ich halte Ausschau nach dem toten Kind. Es ist nicht da. Es fehlt die einzige Person, die ich gern sehen würde. Das Ehepaar redet. Lacht. Die Frau weiß alles, wusste Bescheid, als der Mann mit Johannes' Ehefrau Umgang pflegte. »Er war sehr verliebt in deine Mutter«, sagt die Frau. *Sehr verliebt*. Eine Feststellung. Wer weiß, warum das auf Deutsch so anders klingt, beinahe wirklicher. Voller Wehmut und Verständnis sieht sie mich an. Ein bitterer Tonfall ohne Modulation. Ich betrachte die beiden, als wäre ich im Theater. Ich will das alles nicht wissen. Ich akzeptiere meine Rolle. Sie sind glücklich, mich wiedergefunden zu haben. Sie, das Haus, der Garten und die Möbel triefen vor Befriedigung. Eine gedrechselte Freude. Ohne Übermaß. Nur er, der Mann, der behauptet, mein Vater zu sein, ist gerührt. Ob er sich da ganz sicher ist? Ich frage es, während das Licht im Garten eine Spur schwächer wird. Um sich in der Nacht zu sammeln und tags darauf auf die Veranda zurückzukehren, wo die beiden sitzen. Er hat seine Tochter wiedergefunden.

Er lädt mich ein, bei ihnen zu wohnen. Sie wollen, dass ich zu ihnen ziehe, in das Haus mit der Veranda, dem Garten und den Fotografien. Sie bestehen darauf. Auch sie besteht darauf, die Frau. Ruhig besteht sie darauf. Derselbe Tonfall. Sie zeigen mir das Zimmer. Sie zeigen mir alle Zimmer. Ich bewege mich, als wäre ich bei mir zu Hause. Inzwischen bin ich in die Rolle geschlüpft. Johannes' Tochter spielt die Rolle der Tochter eines anderen. Sie flehen mich an, zu ihnen zu ziehen. Sie sagen, ich hätte gewiss kein leichtes Leben gehabt. Doch, sage ich, sehr leicht. Sie wirken enttäuscht. Sie legen diese mitleidige Miene nicht ab. Sie sind überzeugt, dass ich ein schweres Leben hatte. Sie vor allem.

Sie reden. Er ist Wissenschaftler. Er hat zahlreiche Vorträge gehalten. Man merkt, dass er es gewöhnt ist, vor Publikum zu reden. Vor einer wiedergefundenen Tochter zu reden. Ich lasse sie reden. Nebeneinandersitzend. Langlebig und reich.

Er hatte schweigen wollen. Er hatte sich in den Kopf gesetzt zu schweigen. Immer im Einverständnis mit seiner Frau. In wohlwollendem Einverständnis mit seiner Frau, mit den Zimmern, den Fotografien, den Gegenständen, seinem Arbeitstisch, seinen Vorträgen, den Fenstern. Alles lief auf den Entschluss hinaus zu schweigen. Nach Vollendung seines neunzigsten Lebensjahrs aber hielt er es nicht mehr aus. Er musste reden. »Warum?«, frage ich. Aus Neugier lasse ich mich auf ein Gespräch ein. Ich sitze ihnen gegenüber. Er: »Wahrheitsliebe.« Der Wahrheit zuliebe musste er reden. Er hatte keine andere Möglichkeit. Die Frau nickt. Sie wiederholt: »Wahrheitsliebe«, in einem schrofferen Tonfall. Anscheinend wird sie noch stärker von der Wahrheitsliebe beherrscht als er. Sie nickt eigensinnig, evangelisch, sachlich. Die Wahrheit kennt keine Verzierungen. Wie ein gewaschener Leichnam, denke ich. Sie hat begriffen, dass ihr restliches Leben eine Qual gewesen wäre, hätten sie nicht die Tochter des Ehemannes gefunden. Er redet nur noch von seiner Tochter. Er will nicht sterben, ohne zuvor seine Tochter gesehen zu haben. Das ist sein einziger Wunsch. Also machten sie sich auf die Suche nach ihr.

Alles passt zusammen. Aber Beweise sind das nicht. Ich wollte keine Beweise. Ich hörte ihnen zu. Ich höre zu, wie der Wissenschaftler über meine Mutter spricht. Es freut mich, dass jemand über sie spricht. Sie selbst hat nie ein Wort gesagt. Meine Mutter hatte nie das Bedürfnis zu beichten. Weder mir noch meinem Vater Johannes noch anderen. Nicht einmal auf dem Totenbett wollte sie reden. Ich war bei ihr. Sie hätte es tun können. Aber sie schwieg. Für immer. Im Schlaf und in ihren letzten Stunden. Mit schwindenden Kräften. Mit dem einzigen Willen zu schweigen. Ich muss es nicht wissen. Aber der Wissenschaftler hielt es nicht mehr aus zu schweigen. In dem Moment empfand ich große Sympathie für meine Mutter. Die uns im Stich gelassen hat, Johannes und mich. Aber geredet hat sie nicht. Ich besitze ihren Steinway. Ihren Schmuck. Das Andenken an eine Frau, die nicht das Bedürfnis hatte, ihrer Tochter zu sagen, wessen Tochter sie in Wahrheit ist. Um die Letzte Ölung bittet sie heimlich. Sie bittet die Krankenschwestern: »Sagen Sie es nicht meiner Tochter.« Sie wollte sich nicht anmerken lassen, dass sie im Sterben lag. Vorsichtig entfernt sie meine Hand. Ich soll sie nicht berühren. Ich sehe wieder hin. Sie ist nicht mehr. Draußen vor dem Fenster eine Palme.

Jetzt erzählt dieser Mann von meiner Mutter. Er erzählt alles, was meine Mutter lieber verschwiegen hat. Sie empfand keine Wahrheitsliebe, meine Mutter. Wahrheitsliebe: Im Deutschen ist das ein zusammengesetztes Wort. Auch der Pfarrer hat in seiner Abschiedsrede etliche zusammengesetzte Wörter benutzt: »Leidtragende« zum Beispiel; so hat er Johannes' Tochter angesprochen. Und die Passagiere von der *Proleterka* als »werte Mittrauernde«.

Ich frage mich, ob es nicht gereicht hätte, dass es der angebliche Vater erfahren und mich als Kind gesehen und kennen gelernt hatte. Mit neunzig Jahren reicht es nicht. Die Wahrheit ist gefräßig. Der Mann will immer mehr. Er will die Tochter in der Nähe haben. Er will mit ihr reden. Sie ansehen. Sie umbringen, denke ich. Der mörderische Trieb dieses reichen, gesunden, redegeübten Menschen. Der viele zusammengesetzte Substantive benutzt. Der väterliche Mordinstinkt. Der Instinkt von Mein und Dein. Der Besitzerinstinkt. Dein Vater. Meine Tochter. Ein sinnloser Reigen der Besessenheit.

»Du musst wissen.« Jetzt redet sie. Die schmalen Augen, halb geschlossen in dem langen wächsernen Gesicht, starren mich an. Die Stimme unbeugsam. Der Tonfall ist gelassen, ruhig. Mit dem Ausdruck der Überlegenheit. »Du warst es doch nicht«, möchte ich ihr sagen, »die meine Mutter geschwängert hat.« Sie ist dermaßen selbstsicher, diese Frau. Sicher, dass sie es war, die, durch göttliche Fürsprache und mittels ihres Mannes, meine Geburt herbeigeführt hat. Die Hände gefaltet, den Körper gesammelt, den Kopf gesenkt, blickt sie zu Boden. Und schweigt. Es schweigt das Haus.

Ich war auf dem Friedhof. Vergeblich habe ich nach Johannes' Namen gesucht. Die Mietdauer des Grabes war verstrichen. Mir schien, als hätte Johannes mir gedankt, dass ich an ihn gedacht hatte, aber ich solle nicht mehr nach ihm suchen.

Mein Bruder hatte es eilig zu sterben. Er ist dem Tod entgegengerannt. Während ich in einem Zimmer eingesperrt war. Wir wohnten nicht weit voneinander. Im selben Viertel. Aber das weiß ich erst jetzt. Der Mann, der behauptet, mein Vater zu sein, braucht nicht immer wieder zu betonen, dass das tote Kind mein Bruder sei. Ich wusste schon immer, dass ich einen Bruder habe. Ich war nie allein. Ich denke, wir waren sehr eng verbunden: er tot, ich lebendig. Es ist mir egal, ob der Mann, der behauptet, mein Vater zu sein, tatsächlich mein Vater ist. Mir ist nur wichtig zu wissen, dass ich einen Bruder habe. Ich kann nicht erklären, welche grenzenlose Liebe ich zu diesem Kind empfinde, das über die Straße gerannt ist. Die Liebe, die man zu Heiligtümern empfindet. Zu dem, was nicht sichtbar ist, aber aus sich heraus strahlt. Zu einem Kind, das sich glühend danach sehnte zu sterben.

»Ihr wart ungefähr gleich alt. Er ein Jahr älter.« Heute wäre dieses Kind über fünfzig. Das scheint sie zu erschrecken. Dass das Kind, wäre es am Leben geblieben, über fünfzig wäre. Ihre Reaktion lässt vermuten, dass sie so etwas nie gewollt hätten. Als wäre das Kind für einen Tod in diesem Alter vorherbestimmt gewesen. Es musste vorzeitig sterben. Und das ist alles. Man denkt nicht an das Lebensalter. Man gewöhnt sich daran. Ein Kind ist gestorben. Auszurechnen, wie alt es heute wäre, lässt sie schaudern. In ihren Gedanken war der Sohn stets ein Kind. Und der beschwichtigte Schmerz galt einem Kind, der kindlichen Physiognomie. An dem Tag, an dem ich ihnen den Beileidsbesuch abstattete, verwechselten sie mich einen Moment lang mit dem Kind. Ich bin beinahe gleich alt. »Aber bei dir ist es anders.« Mir ist ein Rätsel, weshalb sie manchmal gleichzeitig reden.

»Ihr wart ungefähr gleich alt.« Noch einmal betont die Frau, wir seien uns »sehr ähnlich« gewesen. Jetzt weiß ich endlich, wer an meiner Stelle gelebt hätte. Vielleicht hat mein Bruder nicht ertragen, dass ich am Leben war, in einem Mantel ähnlich dem seinen, eine exakte Kopie von ihm. Nach diesem Kondolenzbesuch hat der Mann, der behauptet, mein Vater zu sein, keinen Kontakt zu mir gesucht. Er hatte noch zwei Kinder mit seiner legitimen Ehefrau. »Jetzt sind sie krank«, sagt er. Es sieht so aus, als seien ihm die verbliebenen Kinder egal. Auch mir sind diese Kinder, die anderen beiden, sehr egal. Der angebliche Vater redet weiter, seine Söhne seien meine Halbbrüder, sagt er, wird aber von der geduldigen Stimme seiner Frau unterbrochen: »Der eine ist tot.« Der angebliche Vater reagiert ein wenig verärgert. »Das weiß ich doch«, sagt er. Wie um zu sagen: »Es ist schon gut.« Auch mir kann es recht sein. Jetzt ist noch einer übrig. Der Überlebende. Ich bin nicht neugierig, ihn kennen zu lernen. Ich denke nur an meinen Bruder. An seine Ungeduld zu sterben. Nur mit ihm verbindet mich etwas. Seitdem ich wegen des Kondolenzbesuchs bei ihm zu Hause war. Mit meiner Mutter, die zu der Zeit noch Johannes' Ehefrau war. Was sie ihm wohl gesagt hat? Ich gehe ein bisschen spazieren, ich besuche eine Freundin, oder, mit ernster und hastiger Miene: Ich muss zu einer Beerdigung. Sie ist schon spät dran. Am Tag der Trauer nahm sie mich mit ins Haus ihres Liebhabers. Um ihm seine Tochter zu zeigen, während das andere Kind, der Bruder, gerade gestorben war. Um ihm die Tochter zu zeigen, deren Ähnlichkeit mit dem toten Kind. Das währenddessen den Blicken preisgegeben war. Als meine Mutter und ich das Haus betraten, richteten sich alle Blicke auf uns, auf die frappierende Ähnlichkeit der beiden Kinder. Der aufgebahrte Junge und das Mädchen, das vor ihm steht und ihn ansieht. »Sie sehen aus wie Geschwister«, sagt jemand.

Meine Stimme wechselt den Tonfall. Ich merke, dass ich deutsch spreche. Als würde mir diese Sprache auferlegt. Sprache der Beerdigungen, der Homilien, der Zünfte. Ich habe mir ein winziges Lexikon der deutschen Wörter angelegt, die ein Schicksal kennzeichneten. Die den Verlauf eines Lebens veränderten. Aus einer Laune heraus ließ das Schicksal das Wort Liebe

aussprechen und wiederholen, Liebe und Wahrheitsliebe, bis das Wort und seine Bedeutung erloschen. Aus
dem Mund des angeblichen Vaters, ehe er von dieser
Erde hinweggefegt wurde.

Ich müsste begreifen. Ich müsste die Wahrheit begreifen. Die missgünstige und abgöttische, leiden-
schaftliche Wahrheitsliebe hat das Paar befallen wie
eine Krankheit. Der angebliche Vater und seine ge-
strenge, inbrünstige Gattin. Die Wahrheit sagen, wenn
es keinen Sinn mehr hat. Wenn es überflüssig ist. Eigensinnige Eitelkeit der Greise. Die beiden sind mit
sich zufrieden. Die Wahrheit sagen und damit jemandem wehtun. Sie behaupten, sie könnten nicht anders,
als mir alles zu sagen. Es tut ihr leid, falls sie mir weh-
getan haben. Ich muss es begreifen. Wenn sie nur nicht
noch einmal das Wort Wahrheit sagen.

Ein Abschied ist unvermeidlich. Der Mann, der behauptet, mein Vater zu sein, hat begriffen, dass er jetzt
schweigen muss. Ein schattenhaftes Schweigen. In seinen Augen ein sanfter und trostloser Ausdruck. Gegenüber der Person, die er seine Tochter nennt. Gegenüber
den Dingen, die zum Verschwinden verurteilt sind.

»Warum jetzt?« Sie hatten doch alle Zeit. Prompt er-
folgt die Antwort, von ihm, dem Wissenschaftler: Weil
sie jetzt allmählich vergesslich werden. Ihr Gedächtnis
ist nicht mehr das beste. Deshalb mussten sie jetzt reden. Nicht morgen. Dass sie ihr Geheimnis preisgaben,
war eine Vorsichtsmaßnahme. Dank dieser Vorsichts-

maßnahme habe ich den Mann kennen gelernt, der behauptet, mein Vater zu sein.

In allen Zimmern hatte er Blätter hinterlassen. Hunderte von Blättern. Darauf stand, dass ich seine Tochter sei. Er wollte es um jeden Preis bekannt machen. Falls jemand ein Blatt zerrissen hätte, wäre immer noch ein anderes da gewesen. Und ein drittes. Es war, als sähe man aus dem Fußboden auf einmal lauter Papiere sprießen, wie kleine Gespenster.

Aus Wahrheitsliebe hat er jetzt geredet. Nach und nach vergisst er alles. Auch die Tochter.